Heinrich Oppermann

János
und sein Hund

Zwei Helden

János und sein Hund

© 2014 Heinrich Oppermann
Herstellung und Verlag:
BoD-Books on Demand, Norderstedt
ISBN: 978-3-7357-3464-8

Meinen Enkeln und Urenkeln

Vorwort

Als meine Enkel im Erzählalter waren und mit uns in unsere Wochenendhütte, unsere Tanya, fuhren und vor dem Einschlafen eine Geschichte hören wollten, erzählte ich ihnen oft von János und seinem Hund. Sie lagen bäuchlings, auf die Ellenbogen gestützt, den Kopf auf den Handtellern aufgelegt, vor meinem Bett, im Schlafsack auf Matratzen, und lauschten mit fiebrigen Ohren und traum- und schlaftrunkenen Augen.

Nach endlicher Zeit kippten die Köpfe mit den Ellenbogen seitlich weg, die Augen blinzelten noch etwas nach und träumten dann ihren eigenen Traum. Meine Stimme, die zum Traumflüstern niederstieg, begleitete sie noch etwas in den Schlaf.

Das wiederholte sich viele Jahre für sieben Enkel, die im Alter um 10 Jahre auseinander lagen, sommers, wie winters. Meistens waren sie einzeln, selten zu zweit oder zu dritt bei uns. Nur an schönen Sommertagen fanden sich alle am Lagerfeuer zur Erzählstunde ein. Im Erzählalter sehnten sie sich die Woche über nach der kuscheligen Schlafstätte am Wochenende vor unseren Betten in dem kleinen Raum der Tanya.

Oft musste ich eine Geschichte wiederholen und sie korrigierten mich, wenn der Ablauf nicht stimmte, ein interessantes Detail weggelassen oder anders vorgetragen wurde. Mit dem Heranwachsen wuchsen auch die Geschichten, waren anders und erwachsener gestrickt.

Als diese Enkel erwachsen und mündig waren und der achte Nachzüglerenkel ins Plapper- und Erzählalter kam, habe ich die Geschichten niedergeschrieben und es können die Geschwister oder Rechtgeschwister diesem Nachzugsenkel, den alle sehr mögen, oder später ihren Kindern oder Kindeskindern, davon vorlesen.

Die János-Geschichten sind in der Puszta, um die Hortobágy, der Ungarischen Tiefebene, angesiedelt, um ihr Interesse und ihre Liebe für diese Region und schöne Landschaft zu wecken.

Nicht zuletzt aber auch, um zu erspüren und vielleicht auch tiefer zu erkunden, warum und wie ihre Ahnengene

- und die über 250 Tausend Deutscher -

diesen Umweg aus Teilen Deutschlands vor fast dreihundert Jahren über die Donau nach Ungarn

- in ihrem Falle die *Schwäbische Türkei*-

nahmen und nach zweihundertfünfzig Jahren zurück nach Deutschland, in diesem Falle Sachsen, nehmen mussten.

Frühjahr 2014   *Heinrich Oppermann*

Bojtár, der Lehrling

János war erwachsen, musste aber noch nicht zu den Soldaten und diente bei einem Großbauern. Dieser Bauer hatte viele Pferde, Schafe, Rinder und Schweine. János hütete die Schafe. Da sich unsere Geschichte in Ungarn zugetragen hat, war János ein Schafhirt oder Juhász. Er trug einen weiten weißen Schaffellmantel und einen breitkrempigen Filzhut und unter dem Mantel einen Gürtel, an dem ein Trinkbehälter und ein kleiner Tornister festgemacht waren. Der Trinkbehälter war ein Kabák, ein getrockneter und ausgehöhlter doppelstöckiger Zieherkürbis, wie er in ungarischen Weingärten wächst.

Die Hütetage waren lang und warm und János trank aus seinem Kabák von Zeit zu Zeit. Meistens war im Kabák kühles Brunnenwasser. Aber an Feiertagen oder wenn der Bauer gute Laune hatte, aber das war selten, war darin manchmal auch Wein. Sodawasser oder Limonade, Coca Cola gab es zu der Zeit unserer Geschichte noch nicht. Im Tornister hatte unser Juhász am Morgen, wenn er die Schafe austrieb, etwas Brot, ein Stück Speck, manchmal ein Stückchen Wurst, eine Paprikaschote, eine Kohlrübe, einen Kohlrabi, oder einen Kohlkopf. Abends, wenn János die Schafe heimwärts trieb, war der Tornister leer. Keine Brotkrume war mehr drinnen, denn außer ihm musste aus dem Tornister auch noch Puli, sein Hirtenhund leben. Aber von Puli erzähle ich euch gleich mehr.

Neben diesen lebenswichtigen Behältern nannte János noch ein Messer, eine Pfeife und einen langen Stock sein Eigen, die er immer bei sich hatte. Das Messer brauchte er zum Brotabschneiden oder Speckschneiden und zum

Schneiden der Paprikaschote oder den Kohlrabi. Aber auch zum Schnitzen einer Weidenpfeife oder bunter, verzierter Stöcke. Denn an den langen Tagen auf der Weide schnitzte János gern an Weidenstöcken.

Ihr wisst ja schon, die Weide nennt man die Grasfläche, auf der die Tiere grasen oder weiden. Auf diesen Weidenflächen wachsen auch Bäume, Weidenbäume, besonders wenn Wasser in der Nähe ist. Sicher haben diese ihren Namen von der Weidefläche bekommen. Ihr müsst also genau zuhören und herausfinden, welche Weide gemeint ist. Das Weidenholz ist sehr weich und lässt sich mit dem Messer leicht schnitzen. Daraus hat unser János mit viel Geduld und Geschick schon die ausgefallensten Blasrohre und Pfeifen, Flöten und Schalmeien geschnitzt.

Und auf diesen Instrumenten bläst János sich gern eins. Puli legt sich dann vor ihn, legt seine Ohren an und er und die Schafe hören geduldig zu. Die Pfeife, die er immer mit sich führt, ist eine Trillerpfeife. Er trägt sie an einer Schnur um den Hals. Diese benutzt er selten und pfeift den Schafen nur eins, oder auch Puli, wenn diese keine Ordnung halten, vom Weg abkommen oder auf ein Rüben- oder ein Maisfeld zu grasen und von unerlaubten Gewächsen naschen wollen. Nach zwei oder drei kurzen oder langen Trillerpfiffen weiß Puli, er muß seine Schäfchen linksherum oder rechtsherum herantreiben. Und der Stock dient János dazu, dass er sich aufstützen kann, wenn er den Schafen und Puli zusieht, oder er zeigt den Schafen oder Puli damit, wo es langgeht.

Den Stock hat János von seinem Lehrmeister als Abschiedsgeschenk und zur Erinnerung bekommen. János war als Hirtenjunge bei dem Oberschafhirte Bálint, den wir Bálint bácsi (Onkel Bálint) nennen, in der Lehre. Als

Bojtár, so heißen die Lehrlinge, hat er sich von Bálint bácsi viel abgesehen, von ihm viel gelernt. Er war für ihn wie ein Vater, streng, gerecht und gütig zugleich. Von ihm hat er auch viele Geschichten und Gedichte gelernt und Flöte- und Schalmeienblasen. Dieser Stock ist ein langer, knarziger Stab aus Hartholz und hat oben einen dicken Knauf, der mit einem Schlangenkopf verziert ist. Auf diesen Stab ist János sehr stolz, darauf kann er sich auch stützen, nicht nur wenn er Flöte bläst oder wenn er in seinen kleinen Taschenbüchern liest, die schöne Gedichte oder Geschichten enthalten.

Aber bevor ich von Puli mehr erzähle, muß ich euch noch die Kollegen und Freunde von János vorstellen. So, wie er die Schafe hütet, so sind zwei junge Männer, die aber schon bei den Soldaten waren, Tobi und Laci für die Aufsicht und das Hüten der Pferde bei dem Großbauern verantwortlich. Junge Pferde und Fohlen heißen Csiko und deshalb heißen Pferdewächter, –pfleger - und -reiter Csikos. Ihre Gewänder sind meist sehr bunt, die Csikos fast lustig gekleidet und meist auch lustige Burschen. Sie sind János's beste Freunde. Die Csikos kommen meist ohne Hund, Stock und Pfeife aus. Sie schwingen und knallen mit einer langen Peitsche und die Pferde gehorchen, wie im Zirkus.

Die Kühe und Rinder versorgt, beaufsichtigt und hütet János's Freund Tamás. Er ist als Gulyás oder Rinderhirt bei dem Bauern angestellt. Er trägt einen weiten weißen Schafsfellmantel mit langen Loden und einen breitkrempigen Filzhut, wie János. Er ist überhaupt wie János ausgerüstet, mit Kulacs, dem Wasserbehälter, Pfeife, Stock und Tornister, aber ihm dienen meist zwei, manchmal auch drei Hütehunde. Gulyáshütehunde sind größer als Puli, sie sind fast kindshoch oder tischhoch, haben lange Mähnen und einen pudeligen Schwanz. Das sind auch sehr treue Hunde, sie bewachen die Rinderherden gut. Sie müssen groß sein, denn die Rinder sind viel größer und kräftiger als Schafe und würden einem so kleinen schwarzen zottelhaarigen Puli nicht folgen. Aber wenn so ein großer Hirtenhund, ein Kuvasz oder Komondor neben ihnen bellt oder ihnen in die Fersen kneift und kläfft, dann spuren und laufen auch Rinder.

Für die Stallungen der Schweine und die Herde der Schweine ist der Kanász, der Schweinehirt Feri verantwortlich. Auch er trägt sommers wie winters einen Bunda oder Pelzmantel und Hut, hat einen knaufigen Krummstab und Tornister. Seine Ausrüstung und Kleidung ist einfacher und seine Helfer sind zwei oder drei etwas kleinere Hunde, wie Puli. Es sind der Bruder und die Schwester von Puli, Pumi und Mudi. Aber davon will ich ja gleich erzählen.

Die Tornister der Hirten unterscheiden sich meist nur im Fell, der des Gulyás ist aus Rinderfell, der des Csikos aus Pferdefell, vom Juhász aus Schafsfell und der Kanász zog einem Schwein das Fell ab. Aber die Tabaksbeutel der Hirten sind meist aus Katzenfell. So hat jedes Tier in der Wirtschaft seine Bestimmung.

Die langen, schweren Mäntel der Hirten, die Bunda, sind aus den Fellen der Zackelschafe, das ist eine besondere Schafsrasse, davon erzähle ich euch auch später. Dazu werden meist sechs bis sieben Felle zusammengenäht und die Bunda mit ihren langen und dichten Wollhaaren halten im Winter die Kälte und im Sommer die Hitze fern. Während der Weidezeit vom zeitigen Frühjahr bis spät im Herbst dienen die Mäntel nachts im Freien den Hirten als Nachtlager und Zudecke zugleich.

Puli

Nun will ich aber von Puli erzählen. Der Lehrmeister von János war der Oberhirte und Juhász Meister Bálint. Wir sagen wie János, zu Herrn oder Onkel Bálint: Bálint bácsi. Und Bálint bácsi hatte János gleich am Anfang seiner Hirtenlehre versprochen, wenn Puli, sein Leithirtenhund, Junge bekäme, so würde er ein Hündlein für János erziehen.

Und schon im ersten Sommer warf die Pulihündin drei Junge. Alle drei Welpen waren anfangs schwarz, wie ihre Mutter. Sie nannten sie Puli, Pumi und Mudi. Die drei kleinen Welpen, Klein Puli, Pumi und Mudi waren anfangs nur schwer voneinander zu unterscheiden, nur Meister Bálint konnte sie auseinander halten. Und er machte János auf kleine Unterscheidungsmerkmale aufmerksam, die mit der Zeit immer deutlicher zu Tage traten und auch János erkannte.

Klein Puli war eine Hündin, ein Hundemädchen und hatte ein rabenschwarzes Fell, mit langen, zotteligen Haaren, auch seine Nase war schwarz und er hatte dunkle Augen, die unter den Stirnzotten hervorlugten, und eine hellrote Zunge, die nach dem Laufen und Herumtollen, wie ein Stück Lachsschinken aus dem Maul, dem Fang, heraushing.

Pumi war ein Rüde, ein Hundejunge, Mudi eine Hündin, ein Hundemädchen. Beide waren etwas kleiner als Puli, was mit der Zeit immer deutlicher wurde. Ihre Augen waren heller. Pumis Fell wurde mehr matt, schwarzgrau und er hatte kürzeres Haar als Puli. Die Augen wurden hellgrau. Seine aufrecht stehenden Ohren waren etwas rundlicher und an der Spitze mit Haarbüschel bewachsen, wie ein Bart bei Katzen, und die ansonsten aufrecht stehenden Ohren kippten leicht ab. Seine Schnauze war heller grau, als sein Fell, ähnlich seinen Augen.

Mudis Fell war dagegen glänzend, aber mehr schwarz braun, wie seine Augen. Und die Behaarung war nicht überall gleich lang, aber kürzer als das Haar von Puli. Seine aufrecht stehenden Spitzohren waren immer auf Lauschen gerichtet. Und sein Schwanz oder seine Rute war kürzer, als die Rute von Puli und Pumi. Obwohl mit der Zeit auch diese beiden sich unterschieden. Pulis Rute war langzottiger als die von Pumi und erschien dadurch insgesamt länger. Klein Puli und Pulimutter wurden sich immer ähnlicher und glichen sich nach einem Jahr wie ein Ei dem anderen.

Bálint bácsi empfahl János sich für Klein Puli zu entscheiden. Pumi und Mudi eigneten sich mit ihrem kürzeren Haar besser für den Schweinehirten Feri, den Kanász. Und so wurde es gemacht. Als die Welpen herangewachsen waren und zusammen viele Hundekinderstreiche ausgeführt und manche „heiße Suppe" zusammen ausgelöffelt und ausgeleckt hatten, wurden sie getrennt. Pumibruder und Mudischwester wurden zu dem Schweinehirt Feri gegeben und von diesem zum Schweinehüten angelernt. Pulischwesterchen, die etwas größere der drei Hundegeschwister, blieb traurig zurück.

Aber Pulimutti bemuttelte sie und Bálint bácsi und János brachten ihr allerhand Spiele und Kunststücke bei, so dass sie bald ihre Traurigkeit vergaß. Zuerst musste sie nach einem Ball springen und ihn aus der Luft fangen, dann einen Stock einfangen und heranbringen, über einen Zaun springen oder ein anderes Hindernis, den Ball oder

Stock aus dem Wasser holen. Und dabei lernte sie spielend auch das Schwimmen. Dann musste sie Sitz- und Liegeübungen einlernen, Männchen machen, Pfötchen geben und János brachte ihr noch Csárdástanzen bei. Aber wenn Pulimutter und Kleinpuli zusammen tanzen sollten und János Mundharmonika spielte, setzten sie sich vor ihn nieder und heulten in höchsten Tönen. Solche Töne schmerzen Hunden in den Ohren.

Am liebsten aber bummelte Kleinpuli mit Pulimama hinter den Schafen her. Doch bald merkte Pulimutter, dass Kleinpuli die Schafe schon alleine zusammentreiben konnte und blieb ruhig sitzen, wenn János pfiff oder rief. Und Bálint bácsi ließ János oft gewähren, er verstand das Schafehüten schon gut. Nur wenn Bálint bácsi pfiff oder die Stimme hob, da setzte sich auch Pulimutter in Bewegung und sprang ihrer Hundetochter bei und den Schafen in die Seite, dass sie spurten. Als kluge Hirtenhündin wusste sie, dass sie nach seiner Pfeife tanzen muß.

Und so hat János, nach seiner Lehre und Zeit als Bojtár bei Bálint bácsi, neben dem schönen Hirtenstab mit Schlangenkopf, noch einen gut ausgebildeten Hirtenhund, einen Puli, für seine weitere Hirtenlaufbahn als Juhász mitbekommen. Und mit Puli trieb János jeden Tag die Schafherde hinaus auf die Weide und sie teilten sich das Brot, die Wurst oder den Speck und das Wasser.

Ihr Weidenziel und ihr Weideland reichten immer weiter vom Dorf und der Tanya, dem Großgut des Bauern, weg, bis zum Waldesrand vor den dunklen Bergen am Horizont. Die Tage verliefen friedlich und einträchtig, Puli kannte seine Aufgabe gut und wachte über die Herde. Wenn János seine Flöte herausnahm und spielte, lauschte Puli aufmerksam, wenn János aber seine Mundharmonika hervor nahm, dann suchte Puli das Weite, setzte sich unter einen Weidenstrauch und heulte.

Abends trafen sich János und seine Freunde, Tobi, Laci, Tamás und Feri, wenn ihre Tiere versorgt waren und in den Ställen ruhten, vor dem kleinen Wäldchen in der Nähe der Tanya, an einem Lagerfeuer. Die Burschen erzählten, sangen und machten Späße, manchmal tanzten sie auch und ihre Hunde saßen im weiten Kreis um sie herum in der Nähe ihrer Herren. Hier traf Puli auch seine Hundegeschwister Pumi und Mudi wieder und sie kauerten sich oft zusammen in der Nähe des gemütlichen Lagerfeuers oder sie tollten mit den anderen Hunden ihrer Art.

Nur die großen Hunde, Komondor und Kuvasz in ihrem hellen Fell, ließen sich von ihnen selten zum Spiel verleiten, die saßen oder lagen majestätisch und würdevoll neben ihrem Herrn. Ihr wisst, sie gehören zu Tamás, dem Rinderhirten oder Gulyás. Sie waren erhaben über die Späße und Spiele der kleineren Schwarzzottel und Schwarzmähnen Puli, Pumi und Mudi. Nur wenn diese ihnen zu sehr auf den Pelz rückten, über sie sprangen oder kletterten, dann knurrten sie kurz auf oder stellten die Ohren spitz oder wackelten und streiften sie kurz mit ihrer langzottligen Rute. Und die Kleinen gaben Ruhe.

Manchmal brachten Tobi und Laci, die Csikos, ihre Braunen, ihre Pferde mit zum Treff und sie lehrten János, Tamás und Feri das Reiten. Vor allem, wie man sich ohne Sattel auf das Pferd schwingt und oben halten kann und galoppiert und gar links oder rechts vom Pferderücken liegt und sich nur in der Mähne festhält. Und so lebten János und Puli in ihren Hirtenalltag, friedlich und genügsam, bis sie eines Tages ein Missgeschick ereilte und ihr friedfertiges Hirtenleben jäh unterbrach.

Die Flucht

Eines Tages, abends, stand am Hoftor der Großbauer dick und aufgeblasen, er hatte nur eine Seite des zweiteiligen großen Tores geöffnet, und zählte die Tiere. Als János mit Puli heran war, schrie er, es fehlten schon wieder ein bis zwei Schafe. Am Tag zuvor hätte er schon eines weniger gezählt, aber geglaubt, dass er sich verzählt hätte. Nun aber sei jeder Irrtum ausgeschlossen. János sei für die Tiere verantwortlich. Als János die Schulter zuckte, wie, er wisse nichts, ging der Bauer mit der Mistgabel auf ihn los und schrie:

„Du Nichtsnutz, du Hundsfott und deine Kreatur von Hund, ihr glaubt wohl, ich füttere euch umsonst? Ich werd's euch zeigen, ich werds euch geben!"

Und er schlug zuerst nach Puli, der gerade so weg springen konnte und er hob die Mistgabel dann gegen János, der etwas zurück wich. Als aber der Bauer fluchend und schimpfend auf ihn zu kam, drehte er sich um und lief davon. Puli blieb an seiner Seite. Der Bauer sprang ihnen nach, fuchtelte mit der Gabel und schrie:

„Ihr Taugenichtse, Tagediebe und Landstreicher elendige, ihr Diebe meiner Schafe, euch erschlage ich, wenn ich euch erwische!"

Bei dem Fuchteln und Schreien verheddderte er sich mit der Gabel, stolperte und fiel. Sprang fluchend auf und rannte ihnen, ohne seine Gabel, schreiend hinterher.

Doch János war viel jünger und sportlicher als der Bauer und Puli ohnehin schneller und ihr Abstand wurde größer. Der Lärm hinter ihnen verebbte allmählich und sie liefen noch ein ganzes Stück quer feldein, bis sie auf einen Landweg trafen und sich an einem nahen Ziehbrunnen ausruhten.

János schöpfte erst Atem und dann Wasser und sie stillten ihren Durst und merkten wie ihr Herz raste, von dem schnellen Lauf und vor Angst. János jappste immer noch nach Luft und Puli baumelte die Zunge wie ein großer roter Lappen heraus und er blinzelte und schaute fragend zu János auf.

Was war denn nur passiert? Hatte sich doch ein Wolf an die Herde herangeschlichen und ihnen die Schafe weggeschleppt und gerissen, während János so schön spielte und Puli träumte oder heulte? Hat sein Heulen gar den Wölfen als Signal gedient? Haben die Wölfe gemerkt, dass zu dieser Zeit der Hirte und sein Hund die Schafe aus den Augen verloren und sie sich vom nahen Waldrand vor den Bergen am helllichten Tag unbemerkt heranschleichen konnten?

Wie dem auch gewesen sein mag, zu dem Bauern konnten sie nicht wieder zurück, sie mussten sich eine neue Bleibe suchen und weit weg.

Da merkte János, dass die Nacht hereinbrach und er seinen Bunda abgeworfen hatte, um schneller laufen zu können. Hut und Stock hatte er noch in den Händen und der Tornister und sein Kabák Trinkgefäß baumelten leer an seinem Gürtel.

János schöpfte noch einen Eimer, füllte seinen Kabák randvoll, trank noch einen großen Schluck, wusch sich Hände und Gesicht und ließ dann Puli an den Trog. Der schaufelte und löffelte mit seinem Lappen, bis János ihm ein unmissverständliches Zeichen gab, den Gürtel fester zog und sie sich auf ihren ungewissen Weg machten.

Es war fast dunkel und sie liefen waldwärts. Ihr Weg wurde immer schmaler und als er dann den Waldesrand erreichte, war es nur noch ein leichter und schmaler Karrenweg, zum Holzabfahren, der selten befahren und begangen wurde. Es wurde stockfinstere Nacht, der Mond stand noch sehr tief und der Wald ließ nur wenig Mond- und Sternenlicht auf ihren Weg.

Sie schritten stumm dahin, nur knackendes Gehölz unter ihren Tritten und das Aufflattern eines Vogels hie und da unterbrach die Stille und entlockte auch ihnen einen Schreckenslaut. Puli lief dicht an János's Seite, mal in Tuch – und Stiefelfühlung rechts, mal links. Dem sonst so mutigen und wagehalsigen Puli waren die dumpfen dunklen Nachtgeräusche in der unbekannten Fremde nicht geheuer. Doch sie mussten voran.

Ihr Weg zog sich nach Stunden aus dem dichten Buchenwald in einen lichteren Akazienwald. Der Mond stand höher und spendete mehr Licht durch die Akazien und sie hatten sich auch schon besser an die Dunkelheit gewöhnt. Die Nacht war lau und sie schritten weiter voran. Der Mond, der von links herauf kam, leuchtete ihrem Weg nun mehr von rechts oben. Und nur der Mond und János wussten, sie schritten auf die Berge zu.

Doch immer wenn ein besonders dicker Ast unter János's Schritten brach und laut knackte, zuckte Puli zusammen und auch János hielt den Atem an, wenn ein Baum in der leichten Nachtbrise knarrte oder wie ein Bär brummte.

János wusste natürlich, dass es keine Bären mehr gab in den ungarischen Wäldern und Bergen, wohl aber Wölfe. Doch die weichen den Menschen aus, besonders wenn sie in Begleitung eines Hundes sind. Und das teilte er auch Puli mit. Überhaupt sprach er viel mit ihm, doch ob der ihn immer verstand? Manchmal knurrte Puli, wie einverstanden oder verstanden, den ganzen Weg aber bellte er nicht und schritt heldenhaft neben János einher.

Und so zogen sie stundenlang voran, mal war ihr Weg leicht ansteigend, mal leicht abfallend, mal wichen die Bäume weiter zurück, mal rückten sie näher an ihn heran. Aber kein Haus, keine Hütte oder Behausung am Weg oder vom Wege aus zu erkennen.

Auf einem kleinen Hügel hielt János inne, setzte den Hut ab, legte den Stock daneben, schnallte den Kabák ab und trank in langen Zügen. Puli ließ er das Wasser aus seinem Handteller schleckern. Sie ruhten sich etwas aus.

Als János Stock und Hut wieder aufnahm und den Trinkbehälter fester schnallte, glaubte er in der Ferne ein Licht blinken zu sehen. Beim Abstieg von dem Hügel aber verlor sich das Licht wieder hinter den Bäumen.

Nach mehreren leichten Wegbiegungen blinkte eindeutig ein Licht aus ihrer Laufrichtung, auch Puli bemerkte es, bellte zweimal kurz zu János auf und wedelte freudig mit seiner Rute. Doch das Licht schwand wieder und blinkte dann hinter der nächsten Wegbiegung durch die nächste Waldlichtung stärker.

Sie kamen dem Lichtschein näher und freuten sich, doch auf eine menschliche Behausung zu treffen. Denn wo Licht sei, müssten auch Menschen in der Nähe sein. Und sie waren müde und freuten sich auf ein Lager.

Der Mond stand hoch und beleuchtete ihren Weg von schräg rechts hinten und János schätzte, dass sie schon über ein halbes Dutzend Stunden unterwegs waren. Uhren gab's zu der Zeit für János noch nicht, außer Sonnenuhren. Nachts aber scheint nur der Mond, und auch der nur, wenn wolkenloser Himmel ist, und der schien zwar hell und es war fast Vollmond, aber nach der Stellung des Mondes kann sich nur ein erfahrener Hirte orientieren und die Stunden angeben.

János hatte von seinem Hirtenmeister Bálint die Mondzeit gelernt, aber die Mondstunden immer von der gleichen Stelle gezählt. Jetzt liefen sie in unbekanntem, stetig wechselndem Gelände und er war sich nur grob im Klaren, welche Stunde der Mond in ihren Waldweg schlug.

Schließlich aber kam ihr Weg dicht an das Licht heran und sie erkannten ein langgestrecktes Haus und sahen beim Herankommen, dass der flackernde Lichtschein von einem Tiegellicht in einer Hausecke herrührte. Das Fett im Tiegel war fast völlig heruntergebrannt und wohl für eine Nacht berechnet. Also ging es auf den Morgen zu.

Sie machten sich bemerkbar, sie klopften an die Türe und an die Fenster. Kein Mensch rührte sich, kein Hund, keine Katze, keine Stallungen. Nur dichter Baumbestand um das Haus; der auf der Eingangsseite etwas lichter war.

Abseits vom Haus erkannte János nach einiger Zeit einen Ziehbrunnen und einen hölzernen Trog und an der Stirnseite des Hauses einen langen Balken und darunter Pferdemist. János klopfte noch Mal an die Türe und drückte den Verriegelungsbolzen nieder. Die Türe gab nach, sie war offen, der Verriegelungsbolzen nicht von innen versperrt.

Ein Nachtlager

János nahm die Tiegellampe und sie traten in das Haus ein. Aber was für ein Haus, was für ein Nachtlager war das? Welch ein Durcheinander? In der Mitte stand ein großer, schwerer Tisch, darauf Teller und Holzbretter und voller Essenreste. Schinken- und Speckreste, Trockenkäse und ganze Laib Brote, ein Messer und Krüge und Kannen mit Wein und Wasser. Becher standen und lagen herum, Wein in Bechern und Weinlachen auf dem Tisch.

Die Luft im Raum war zum Schneiden dick. An den Wänden entlang lagen Matten und Decken und Bundas, Wattejacken und alte Stiefel. Um den Tisch standen eine Holzbank und ein Hocker, einige umgeworfene Hocker lagen im Raum. Auf dem Tisch stand ein Fetttiegel und János zündete den Docht mit der Außentiegel-Lampe an. Da wurden sie erst der ganzen Unordnung gewahr.

Ein Nachtlager? Eine zeitweilige Herberge? Mehr eine Räuberhöhle!

Sie aber waren müde und hungrig und sie nahmen das Lager an. János schnitt mit seinem Messer von einem Brotlaib, vom Käse und vom Schinken ab, teilte Puli von allem etwas auf einer Schüssel zu, goss sich etwas Wein in einen Becher und Puli etwas Wasser in eine Schale und sie labten sich erst einmal. Dann stellte János das Tiegellicht wieder draußen auf, wusch sich im Trog am Brunnen und stellte seinen Hirtenstab hinter einen Baum.

Darauf begaben sie sich zur Nachtruhe. János lagerte sich gleich hinter der Türe und Puli zu seinen Füssen und sie schliefen auch gleich ein.

János erwachte, Puli knurrte und stieß ihn an die Beine.

Draußen war ein Pferdegetrappel und ein lautes Durcheinander. Die Stimmen wurden immer lauter, kamen näher. Pferdegewieher. János zog schnell seine Stiefel an, warf sein Wams über, zog den Hut ins Gesicht und gab Puli ein Zeichen, sich schlafend zu stellen.

Dann polterte es auch schon durch die Türe. Männer stolperten herein, lachten und redeten durcheinander. Es müssen sechs oder sieben Mann gewesen sein. Nach einer Weile torkelte noch ein Hüne herein, er brachte das Licht. Sie schmissen ihre Habe, ganze Schinken und Würste und Speckseiten auf den Tisch und einer rief:

„Palko, füll die Becher, aber mit Pálinka! Wir müssen auf unseren großen Erfolg trinken!"

Sie stürzten die Becherinhalte mit einem Ruck hinunter und reichten ihre Becher erneut Palko hin.

Da merkte erst einer, dass sie nicht allein waren und rief:

„Oh, welche Überraschung, nächtlicher Besuch! Und eine Hundekreatur hat er bei sich!",

zog sein Messer und trat auf die beiden zu.

„Steh auf, oder ich steche dich großen Held gleich nieder!"

Doch Palko ging dazwischen und rief:

„Halt ein Janko, steck das Messer weg, du siehst doch, sie schlafen friedlich. Wir wollen ihn erst mal hören und sehen!"

Und er füllte die Becher erneut voll. János stieg der Geruch des duftenden Schnapses in die Nase

(‚hm, Aprikose mit Pflaume'!)

und musste niesen. Er stellte sich, als würde er dadurch erst aufwachen.

„Setz dich her, trink mit uns und erzähle!",

rief Palko. János dachte:

„Der muß das Sagen haben".

Er räkelte sich und stand auf. Puli knurrte von seinem Platz hinterher. Doch János rief ihm zu:

„Bleib ruhig in der Ecke, es tut mir keiner was!"

Und er trat an den Tisch heran und setzte sich auf einen Hocker neben Palko. Janko und sein Messer hatte er so gut im Visier. Palko reichte ihm einen Becher und alle tranken. János setzte seinen Becher über seinem Knie ab und ließ den Schnaps mit einem leichten Rechtsschwenk auslaufen. In dem düsteren Licht merkte das keiner von den schon stark angetrunkenen Gesellen.

János erzählte seine Geschichte von dem reichen Bauern und von seinem Dienst als Juhász und warum er fliehen musste und nach langer Wanderung in diesem Haus landete. Er erzählte in aller Breite und versuchte herauszuhören, wer von diesen rauen Männern das Sagen hatte und welcher der Trunkenen ihm und Puli hässlich kommen oder gar gefährlich werden könnte. Raubeine und ungemütliche Gesellen waren es wohl alle. Aber sie tranken hastig weiter und prahlten mit ihren Raubzügen und Streichen, die sie in den näheren und ferneren Dörfern in der Ebene ausführten.

Und so erfuhr er, dass sie die auf dem Tisch und neben dem Tisch liegenden Schinken aus dem Rauchfang und der Speisekammer eines Bauern, ähnlich dem des Bauern von János, geholt und entwendet hatten, nach dem sie den Bauern und seine zwei Knechte und Mägde zusammengehauen und geknebelt hatten.

Die Burschen schlugen und stießen sich gegenseitig an die Schulter und Brust, dass der Branntwein aus den Bechern schwappte und die ersten von den Hockern und von der Bank rutschten, lallten und einschliefen. Die noch sitzenden und trinkfesteren Räuber schoben sie nur etwas vom Tisch zur Seite und ließen sie liegen. Bis sie selber vom Tisch torkelten und in einer Ecke niederplumpsten, oder auf eine Matte glitten. Nur Palko hielt sich länger, er prahlte noch:

„...sind doch alles Scheißkerle...!"

und wollte János noch einen Becher vollgießen, torkelte zu ihm hin, schüttete daneben und János hob, wie zufällig, sein Bein und der Schnaps schwappte auf sein ohnehin nasses Knie und Palko fiel auf die Matten. Von dort rief er, undeutlich lallend noch János zu, er möge die Türe, oder Tiere?, bewachen. Und schon stiegen die ersten Schnarchlaute von seiner Matte in das Morgengrauen vor den Fenstern.

János vergewisserte sich, dass alle tief schliefen, ließ Puli an alle Gesichter mit seiner Nase stupsen, sie reagierten nicht, sie atmeten tief und schnarchten laut. Janko zog er das Messer aus dem Gürtel und schnitt damit ein Stück Brot und ein Stück vom Schinken ab, steckte es in seinen Tornister, warf Puli ein Stückchen hin und sie eilten nach draußen.

Draußen füllte er seinen Kabák mit frischem Wasser, schnallte ihn fest, holte seinen Stock hinter dem Baum hervor, setzte seinen Hut auf und stieg auf einen Schimmel, der gut im Futter stand. Puli gab er ein Zeichen, er möge aufspringen. Doch das Pferd war sehr hoch. János drehte zur Treppe, Puli sprang mit zwei Sätzen hoch und nahm vor János im Sattel Platz und sie ritten davon.

Alles vollzog sich schnell und in Ruhe, nur die zurückbleibenden Pferde am Trog, die János noch schnell festgebunden hatte, wieherten ihnen hinterdrein, als wollten sie ihrem Apfelschimmelgefährten auf Wiedersehen sagen, gar mit ihm ziehen.

Als sie außer Hörweite von den Pferden und den Räubern waren, schlug János einen scharfen Galopp durch den Akazienwald an, der im leichten Morgennebel noch schläfrig dümpelte. Er wollte im scharfen Ritt Boden zwischen sich und die Räuber legen, für den Fall, dass sie erwachten und ihm folgten. Obwohl ihr trunkener Zustand sie nicht gleich auf seine Fährte bringen kann, wenn sie überhaupt in der Lage sein sollten, ihnen in den nächsten Stunden zu folgen.

Im Spritzenhaus

Als János eine Weile galoppiert war und aus dem Wald auf eine weite Ebene ritt, hielt er seinen Schimmel an, um ihn verschnaufen zu lassen und sich zu orientieren. Er stieg ab, riss einige Büschel Gras und wischte damit den Schweiß von der Schulter und dem Nacken des Pferdes. Das Pferd band er locker an einen Baum und ließ es dort grasen. Puli stöberte einen Hasen auf und wollte ihm hinterher, aber János pfiff ihn zurück und bedeutete ihm, dass dafür keine Zeit sei.

Dafür holte er ihm ein Stückchen Brot aus dem Tornister und sie stiegen auf einen kleinen Hügel linksseitig des Weges. Der neue Tag war heran, die Sonne hatte schon die Ebene erreicht, der Hügel aber lag noch im Bergschatten. Der Berg war aber schon von hinten sonnenumstrahlt. Ein leichter Nebel zog vom Berg ins Tal. Der Berg schlug links von ihrem Weg einen weiten hohen Bogen.

János kombinierte und teilte das Ergebnis Puli mit:

„Links hinter dem Bükk geht die Sonne im Osten auf, folglich reiten wir gen Süden. Und da die Sonne das Tal schon erreicht hat, könnte es gegen sieben Uhr am Morgen sein und die Schafherden gerade ausgetrieben werden. Jetzt hätten wir auch schon längst heraus gemusst. Aber unsere Herde blieb weit hinter uns im Nord-Westen zurück. Und wer wird die heute hüten?"

Puli, der auf seinen Hinterpfoten saß und János zuhörte, knurrte und schüttelte sein zotteliges Haupt und ließ die Ohren hängen. János schaute lange in alle Richtungen und sog die frische Morgenluft tief ein und erfreute sich an dem weiten Blick in die Ebene.

Ihr Weg führte also direkt nach Süden auf die Puszta zu und er sah in der Ferne, er konnte es vielmehr nur erahnen, wie eine Turmspitze zwischen einem Gebüsch hindurch hinter einer Waldung hervorlugte. Er schwang sich in den Sattel und ließ den Schimmel im leichten und ruhigen Trab auf die Siedlung zulaufen. Puli trippelte mal hinter ihnen, mal sprang er vor ihnen her. Der Weg war sandig und nur mit Moos und Gänseblümchen leicht überwachsen und wurde zur Ebene zu immer breiter und fester. Die Sonne erreichte sie bald, nur einige Weidenhecken und Akazienbäume entlang des Weges spendeten Schatten. Der Tag wurde warm.

Als sie die Ebene schon ganz erreicht hatten, zog in der Ferne eine Staubwolke auf sie zu, die schnell näher kam. János erkannte die heransprengende Reiterschar, es waren etwa zwei Dutzend berittene Gendarmen und ihre grauen Federbuschhüte umflatterten János im nu und ließen ihn absitzen. Puli drückte sich fest an seine Seite.

Der Gendarmenhauptmann, János erkannte ihn an seinem roten Federspitz, blieb im Sattel und schaute von oben herab auf János und stellte seine Fragen:

„Woher kommst du, woher hast du das Pferd?"

Und János schilderte ihm kurz und knapp seine Geschichte. Der Hauptmann unterbrach János abrupt und frug zu seinen Gendarmen gewandt:

„Erkennt einer von euch das Pferd?"

Und aus der hinteren Reihe drängelte einer hervor, trat an den Schimmel heran, sperrte diesem das Maul auf und meinte:

„Das könnte der fünfjährige Schimmel, ein Lipizzaner Hengst sein, der auf dem letzten Pferdemarkt in Debrecen gestohlen wurde. Er gehörte einem Bauern in Abony."

Der Hauptmann befahl:

„Bindet ihn auf dem Schimmel fest und drei Mann bringen ihn nach Abony und sperren ihn ins Spritzenhaus. Wenn seine Angaben stimmen und wir die Räuber finden, wird er wieder auf freien Fuß gesetzt. Barci, du bist verantwortlich, die zwei Alten",

und er wies auf zwei Graubärte,

„reiten mit dir. Die anderen mir nach!"

Und schon zog die Staubwolke davon. János konnte sich kaum bewegen und bekam fast keine Luft. Das sah Barci, der hinterher ritt und rief:

„Nehmt ihm den Knebel aus dem Mund, von Knebeln war nicht die Rede."

János bedankte sich bei ihm und sagte:

„Ich habe die Wahrheit gesprochen, Kamerad, ich bin ein friedfertiger Juhász, ein Hirt, und das ist mein Hirtenhund Puli."

Wie zur Bestätigung bellte Puli zweimal kurz hintereinander zu Barci hin. Der ließ den Trupp gemächlich angehen und bemerkte nur zu János:

„Wir haben die Order, mit dir nicht zu reden."

Und er schwieg auf dem weiteren Weg. Nur auf János´s Frage:

„Ist das Abony da vorn?",

nickte er János grinsend zu.

János hatte viel Muße vom Pferderücken in die Landschaft zu schauen. Sie war glatt wie ein Brett, nur gelegentliche Sträucher und Binsenhecken unterbrachen das flache Land und in der Ferne eine Pappelzeile, die auf das Dorf vor ihnen zulief. Die Felder sahen öde aus, weite Glasflächen waren von dürren Maisfeldern zum Dorf hin begrenzt. In der Ferne, schon am Horizont, ragte ein Ziehbrunnen auf und weidete eine Viehherde in seiner Nähe. Weiter hinten erkannte er ein flaches Gebäude, rundherum die Fläche war leer.

Das Dorf zog sich sehr lang hin, der Sandweg ging in einen Schotterweg über, der beidseitig und im weiten Abstand von flachen Häusern begrenzt war. Die Häuser waren Schilf gedeckt. Die meisten aber verwüstet und abgebrannt. Nur wenige der lehmgestampften Hütten hatten einen weißen Kalkanstrich. Aus den nackten braunen Wänden ragten gelbe Stroh- oder graugrüne Schilfhalme heraus, die als Befestigung und Verbund beim Stampfen der Lehmwände verwendet wurden. Das Dorf sah sehr ärmlich aus.

Über das Dorf strahlte weithin sichtbar eine Kirchturmspitze.

Die Kirche stand leicht erhöht an einem sandigen Platz, sie schien gerade frisch gestrichen und war der Blickfang des Dorfes. Vor der Kirche liefen Menschen zusammen, mehrere Kinder darunter, als János´s Trupp ankam.

Die zwei älteren Gendarmen banden János los und ließen ihn vom Schimmel steigen und führten ihn zu einem Art Lehmschuppen, schräg gegenüber der Kirche.

Das war offensichtlich das Spritzenhaus.

Der Truppführer, Barci, befahl zwei Burschen das Tor zu öffnen und die Feuerwehrspritze, ein vierrädriges Ungetüm, herauszuschieben. Der Dorfälteste kam und Barci teilte ihm mit, dass dieser Gefangene so lange im Spritzenhausgewahrsam bliebe, bis die Räuberbande vom Gendarmenhauptmann Dobo gefasst worden sei. Sie hätten Order, auf ihn aufzupassen. Das Dorf sei für ihre und ihrer Pferde Verpflegung verpflichtet.

Ein Raunen ging durch die Massen, doch sie zerstreuten sich allmählich und hinter János und Puli schloss sich die Spritzenhaustüre.

Im dunklen und leeren Raum konnte er nur noch hören, wie der Truppführer den Dorfältesten anwies, den Bauern, dem in Debrecen auf dem Pferdemarkt ein Schimmel gestohlen worden war, herbei zu schaffen, um die Identität des Diebesgutes, des Lippizaner Hengstes zu klären.

Die Zelle war dunkel. Nur an der Oberkante der Türe war ein kleiner Spalt, durch den etwas Licht hereinfiel. János zog sich an dem oberen Querbalken der Türe hoch und spähte durch diesen Spalt.

Der Platz war leer, die Bewacher und ihre Pferde aus der Schlitzperspektive nicht zu sehen. Der Sonnenuhrschatten am Kirchturm zeigte fast senkrecht nach oben, wanderte also auf Mittag zu.

János bedachte seine Situation und machte das Beste daraus, er legte sich auf den Lehmboden zum Schlafen nieder. Puli lagerte sich neben ihn. Und schon schlugen die Turmtonglocken der Kirche. Es schien János eine größere, die dumpf klang, und eine kleinere, die sehr hell klang, die Mittagszeit anzuzeigen. Über diese Erkenntnis schlief er ein.

Er schreckte hoch, die Türe schlug knarrend auf und einer der graubärtigen Wächter reichte ihm ein Brett mit einem Stück Brot und einer Paprikaschote herein. János musste seinen Kabák losbinden, dem Wächter reichen, der ihm versprach, diesen mit frischem Wasser zu füllen.

Derweil führte der zweite Wächter János hinter das Spritzenhaus, wo er austreten durfte. Puli hob sein rechtes hinteres Bein zur hinteren Mauer, was selbst dem Wächter ein Lächeln unter seinen grauen Schnurbart lockte. Der Kabák wurde János mit frischem Wasser zurückgereicht und der Wächter bemerkte leise dazu, mehr könne er wirklich nicht für ihn tun.

Die Türe wurde wieder von außen verriegelt. János hatte in der kurzen Zeit aber registrieren können, dass sein Schimmel nicht mehr unruhig zwischen den drei braunen Pferden der Wächter stand, an deren Seite Barci lungerte. Der Schatten der Sonnenuhr zeigte senkrecht nach unten. Es war also schon sechs Uhr abends und er folgerte, dass die Gendarmen bald zurück sein müssten.

Aber draußen tat sich nichts und er setzte sich im Zigeunersitz nieder und kaute ein Stück Brot. Da stieß Puli ihn an und schubste und kratzte am Tornister. Da besann sich János auf ihr Proviant, das sie bei den Räubern in aller Eile eingepackt hatten. Den Tornister hatten sie ihm ja beim Einsperren in das Spritzenhaus nicht abgenommen. Er hatte darin ja noch ein gutes Stück Schinken und sie mussten sich erfreulicherweise nicht nur mit Trockenbrot begnügen.

Mit dem Messer schnitt er Puli ein Stück ab und teilte die Paprikaschote in zwei Längshälften, höhlte sie aus und goss Puli in eine Hälfte frisches Wasser aus dem Kabák und der läpperte genüsslich das Paprikawasser. Zweimal musste János nachfüllen, bis Puli sich dem Schinken zuwandte.

Sie waren gesättigt, ihr Durst gestillt und dösten vor sich hin. János rechnete noch mal nach, vom Auftauchen der Gendarmen und ihrem Eintreffen im Spritzenhaus in Abony waren höchstens zwei Stunden vergangen. Er hatte also fünf bis sechs Stunden Wegzeit gebraucht. Von dort bis zum Räuberlager waren es im scharfen Trab drei Stunden, zurück sechs, das heißt, so folgerte er, Hauptmann Dobo hätte längst eingetroffen sein und er wieder frei sein müssen.

Und er lauschte nach draußen, es blieb aber alles still und die Sonne war schon hinter der Kirche untergegangen, es wurde Nacht. Nur ab und an vernahm er das Schnaufen der Pferde, das Auf und Ab der Wächter und ihren gelegentlichen Wortwechsel. Auch sie wunderten sich über das Ausbleiben ihrer Gefährten, aber sie schienen noch nicht besorgt.

Durch das anstrengende Lauschen in die Nacht schlief János wieder ein und er erwachte, als Puli ihn mit der Nase schubste und knurrte. Pferdegetrappel sprengte heran und er freute sich, dass der Hauptmann zurückkehrte, stand auf und versuchte etwas durch die Bretterritzen zu erspähen und presste sein Ohr an das Tor. Aber es schienen nur zwei Reiter zu sein.

Als sie absaßen und mit Barci sprachen, konnte János aus ihrer Stimmlage mehr als aus den aufgegriffenen Wortfetzen folgern, sie waren ihnen entwischt.

Und er kombinierte, dass einer der Räuber vorzeitig munter geworden sein musste und wohl festgestellt hat, dass János entschwunden war und dieser Mann hat den Rest der Bande munter getrommelt und sie sind alle eilig auf und davon, noch rechtzeitig bevor die berittene Gendarmerie heran war.

Da nur zwei Reiter zurückgekehrt waren, so hatte er weiter kombiniert, verfolgte Hauptmann Dobo die Räuberbande im schwer durchdringlichen Buchenwald des Gebirges. Das aber dürfte im dichten Wald und in den Bergen kein leichtes Unterfangen sein. Zumal die Räuber im Vorteil von guter Ortskenntnis waren, sie öfters ihren Unterschlupf wechseln mussten und die Bergregion gut kannten, ja einige von ihnen sogar aus dem Buchengebirge stammten, wie er aus ihrem Bükkgebirgstonfall zu entnehmen glaubt.

János und Puli ertrugen ihr Los heldenhaft und schmorten weiter im Spritzenhaus, bis es tagte.

Im Burgverlies

Als am anderen Morgen die Spritzenhaustür aufging, hatte János schon seine Kniebeugen und Liegestütze ausgeführt, um sich von der nächtlichen Unterkühlung zu befreien. Barci eröffnete ihm, dass er Anweisung hätte, ihn nach der Burg des Hauptmanns zu überstellen. Dort müsse er im Gewahrsam bleiben, bis die Räuber gestellt seien und Hauptmann Dobo ihn freiließe. János wollte protestieren und Widerstand leisten, aber er erkannte, gegen drei bewaffnete Gendarmen hatte er keine Erfolgsaussichten und er war ja unschuldig.

Puli wurde an eine Leine gelegt und dem Dorfältesten übergeben, der János versprach, ihn gut zu behandeln und ihn seinem rechtmäßigen Herrn zurückzugeben, wenn dieser freikäme. Das Dorf glaube, dass er mit half sie von den Langfingern, Erpressern und Räubern zu befreien. Puli maulte und ließ die Ohren hängen und ging doch heldenhaft hinter dem Dorfältesten einher.

Das Dorf musste ein Pferd stellen, János wurden die Hände gefesselt und auf das Pferd gesetzt und festgebunden und das Pferd mit langen Leinen zwischen den Pferden der Graubärte festgezurrt. So ritten sie los, das Dorf stand im gebührenden Abstand Spalier, der Truppführer Barci ritt hinterher.

Am Dorfende machte er János's Hände frei und machte ihn darauf aufmerksam, keinen Fluchtversuch zu unternehmen, sie müssten sonst von der Schusswaffe Gebrauch machen. Und so ritten sie im leichten Galopp über eine breite Schotterstraße dahin. Seine Bewacher blieben stumm und gaben auf seine Fragen und Bemerkungen keine Antwort.

Die Straße führte auf ein hügeliges Gelände vor den Bergen zu. Nach dem Sonnenstand zu folgern, führte ihr Weg nach Nord-Ost. Der Weg war breit und machte nur wenige Windungen und berührte nur wenige Dörfer oder Siedlungen, die, wie Abony, sehr traurig, sehr abgewirtschaftet oder verlassen aussahen. János sah, dass die Felder, auch zu den Hügeln zu, schlecht bestellt, ja ganze Landstriche verödet waren.

Viehherden waren nur wenige zu sehen, die Landschaft und die Siedlungen wie entvölkert. János hatte viel Zeit seinen Gedanken nach zu hängen und die sanfte Schönheit der Hügelkette, die vor ihnen lag, aufzunehmen. War der Wegrand in der Ebene mit Weiden und Pappeln begrenzt, so nahmen die Akazien und Maulbeerbäume deren Platz ein, je näher sie an die Berge heran ritten.

Die Sonne, die sie zuerst stark von vorn rechts blendete, wärmte den Trupp von rechts oben und zeigte an, dass es auf Mittag zu ging.

Barci ließ an einem Dorfplatz halten, die Pferde wurden an einem Brunnen getränkt. Auch János durfte absitzen, sich die Beine vertreten, Gesicht, Hände und Arme mit Wasser abspülen, seinen Magen und seinen Kabák mit frischem Brunnenwasser füllen. Die Wächter reichten ihm einen Kanten Brot, mehr Wegzehrung führten auch sie nicht bei sich und ihr Ziel war noch weit.

Im Dorf war wieder keine Menschenseele zu sehen, nur in der Ferne eine ältere Frau und ein Mann mit einem Eselskarren.

Der weitere Weg des kleinen Trupps führte mehr und mehr leicht bergan, wand sich im weiten Bogen nordwestlich unterhalb eines hügeligen Geländes dahin. Die sanften Hänge waren mit kleinen Hütten bestückt, die strohbedeckt, inmitten von Weinbergen standen.

Doch im Näherkommen erkannte János, es waren schlecht gepflegte Weingärten, zum Teil wucherten ganze Felder dahin und waren schon mehrere Jahre nicht bestellt. János wollte sich mit seinen Begleitern darüber unterhalten, aber sie zuckten nur mit den Schultern und gaben zu verstehen, das sei schon lange so, ginge sie aber nichts an.

Und János dachte an Puli und dass er sich ja mit ihm besser unterhalten konnte, als mit dieser stummen und missmutigen Begleitung. So unterhaltsam und eintönig kamen sie gegen Abend dann auf einem Hügel an, von wo sie auf einem gegenüber liegenden Hügel eine Burg sahen, hinter der die Sonne gerade den hohen Berggipfel berührte. Davor lag eine kleine Stadt.

Als sie am unteren Burgtor einer großen Mauer über dem Städtchen ankamen, sprangen zwei Wächter mit Lanzen vor, öffneten das knarrende, schwere Tor und geleiteten sie hinter der Mauer zum inneren Burgtor, das in einer noch dickeren Mauer steckte.

Hinter diesem Tor nahm sie der Burgadjutant, mit vier behelmten Soldaten mit Gewehren und Bajonetten, in Empfang. János musste absitzen und wurde von den vier Helmen einen breiten Gang entlang geführt, der sich in den Berg senkte und an dessen Ende sich eine schwere eiserne Türe hinter einer Zugbrücke öffnete.

Hinter der schweren Eisentüre wurde János links und rechts des dunklen Ganges kleine Luken gewahr, durch die etwas Licht hereindrang. Am Ende des Ganges wurde eine Holztüre geöffnet und János einem älteren Wärter überlassen, der hinter ihm die Türe verriegelte und dann davonrasselte.

János stand lange unbeweglich im Dunkeln und kam sich wie ein Schwerverbrecher vor. Allmählich gewöhnte er sich an die Dunkelheit und sah, von der Türe drang ein matter Lichtschein in seine Zelle, mehr ein grauer Fleck. Und auch von der gegenüberliegenden Seite hob sich ein hellerer Fleck ab.

Der Raum war vielleicht drei mal drei Meter groß und gerade mannshoch, János konnte bequem die Decke des Raumes abtasten. In einer Ecke, gegenüber der Tür, raschelte er über Stroh. Seitlich davon ertastete er ein Loch im Fußbodenbereich zur Außenmauer zu. János hatte schon davon gehört, dass dies die Toilettenluken seien. Er nahm seinen Kabák, trank einen Schluck und schüttete dann etwas Wasser in das Loch. Und er hörte, wie das Wasser ein fließendes Geräusch verursachte, das dumpf abbrach. Er klopfte an die Wände, ein dumpfer Widerhall, aber keine Klopfzeichen, er war nur von toten Mauern umgeben.

János legte sich aufs Stroh. Als er erwachte, schien das Licht von der Außenwand heller in seine dunkle Kammer zu dringen, als der Schein vor der Türe. Von dort her näherte sich ein Klappern und Schritte. Der Wächter reichte ihm Brot und Wasser durch die Türklappe und teilte ihm mit, dass er in zwei Stunden Freigang bekäme. Diese zwei Stunden schienen ihm unendlich lang.

Der Wächter kam, legte ihm Handschellen an und band diese János an seine Rechte und führte ihn erst über einen langen Gang, dann Treppen hinauf und oben öffnete auf Klopfzeichen des Wärters ein Behelmter eine schwere Falltüre.

János musste sich erst an das helle Licht gewöhnen, bevor er erkannte, dass er unter freiem Himmel, auf einem weiten Plateau stand, das von tiefen Gräben umgeben war und weiter vorn die Mauern und die Tore zur Stadt die Burg begrenzten. Vom äußeren Rand seines Freiganggeländes hatte er einen weiten Blick über den vorderen Teil der Stadt und auf den gegenüberliegenden Hügel, etwa südöstlich der Stadt, von wo er tags zuvor die Burg gesehen hatte.

Der Wächter kam heran und blieb hinter ihm stehen, so dass der Behelmte an der Falltür ihn nicht sehen und hören konnte und sprach János an:

„Du bist das erste Mal hier, warum haben sie dich eingekerkert?"

Und er machte ihm ein Zeichen, dass sie umherlaufen sollten. János merkte, dass der Wärter ihm wohlgesonnen war und erzählte beim Umherlaufen, immer dann, wenn sie außer Hörweite des Behelmten waren, seine Geschichte. Der Wärter hatte in seinem Leben schon viele Eingekerkerte zu bewachen gehabt und meinte:

„Das sah ich gleich, dass du keiner von den Verbrechern bist und du wirst diese Kasematten bald wieder verlassen können. Aber das obliegt nicht meiner Entscheidung. Wenn unser Hauptmann zurückkehrt, wirst du frei. Er ist ein harter aber gerechter Hauptmann der Burg, wie einst sein Ur-Ur-Großvater Dobo István, nach dem der Platz da unten in der Stadt benannt ist."

Und János erinnerte sich, dass von diesem berühmten Dobo sein Hirtenlehrmeister Bálint bácsi erzählt hatte, wie der einst gegen die Türken so tapfer gekämpft hatte.

Und der Wärter setzte fort:

„Ja, das waren schwere Zeiten damals. Die ganze Stadt hatte sich hier in der Burg verschanzt und gegen die Türken verteidigt. Mein Großvater, der das als Kind erlebt hatte, erzählte mir viel und oft davon. Die Kinder verzogen sich mit den alten Mütterchen in die Kathedrale, deren Ruine du hinter unserem Freigang erkennen kannst. Seine Mutter hat mit vielen anderen Frauen Pech und Wasser gekocht und sie haben damit und mit Steinen die auf die Burgmauern mit Leitern kletternden Türken abgewehrt.

Und diese kamen in großen Scharen.

Aber ein junger und mutiger Adjutant, Gergely Bornemissa, der sprengte auf seinem Braunen über die Mauern, organisierte die Abwehr und tauchte immer da auf, wo der größte Ansturm war oder ein Mauerdurchbruch mit den Steinschleudern geschlagen worden war und er sprang in die Bresche und orderte Leute herbei, die das Loch stopften.

In den Kasematten waren die Soldaten an den Kanonen und Schleudern und feuerten durch die Schießscharten, die du entlang des Ganges noch als Luken sehen kannst, auf das anrennende Türkenheer vor der Burg.

Zum Anfeuern der Verteidiger ließ Hauptmann Dobo ihnen jeden Tag einige Becher Kadárka Rotwein füllen.

Als dieser Vorrat zur Neige ging, wurde den Soldaten ein Gemisch aus Kadárka, Blaufränkisch und Cabernet eingeschenkt und als diesen Verteidigern die roten Tropfen beim Kampf auf den Mauern noch an den Bärten hingen, meinten die Türken, diese hätten Stierblut getrunken, denn sie kämpften wie die Stiere in der Arena. So bekam unser einheimisches Weingemisch, heute nennt man es einen *Cuvée*, seinen berühmten Namen:

Stierblut oder *Bikavér*.

Die Belagerung der Burg, der Stadt und unseres Landes durch die Türken über viele Jahre hat zu großen Zerstörungen, Verwüstungen geführt. Du hast von deinem Eindruck aus der Ebene, von Abony und deinem Weg zur Burg herauf durch das Tal der schönen Frau berichtet. Das sind alles Auswirkungen der Türkenbesetzung. Sie haben geraubt, gebrandschatzt, zerstört und Menschen verschleppt, vor allem Frauen und Kinder.

Die Janitscharen, die besonders wagemutige Reiterarmee der Türken, sind aus anderen Ländern geraubte Kinder, die von den Türken zu draufgängerischen Soldaten erzogen wurden. Ja, eine traurige Geschichte.

Und nun fallen diese Räuber in den Dörfern ein und unser Hauptmann hält dich für einen von ihnen. Aber nun muß ich dich wieder in deine Zelle sperren, ehe die Wachablösung der Behelmten erfolgt und sie merken, dass wir viel zu lange im Freigang waren."

Als er hinter János schon die Türe geschlossen hatte, rief er ihm durch die Türklappe zu:

„Geduld, mein Junge, du kommst bestimmt frei."

Anderntags führte ihn ein anderer Wächter zum Frei-gang, der aber war nicht so gesprächig, so dass János lange über die Stadt blickte. Er sah, dass durch den alten Teil unterhalb der Stadtmauer, ein kleiner Fluss sich langzog und hinter dem Platz, der ihm als Dobo Platz vorgestellt worden war, eine neue Stadt heranwuchs, eine emsige Bau- und Handelstätigkeit sich vollzog. Auf dem Platz wurde gerade Markt gehalten und viele Menschen strömten über die Brücke zwischen den zwei Teilen der Stadt über den Stadtbach.

Schon am nächsten Morgen verkündete ihm sein Wär-ter, es war wieder der freundlichere, dass er ihn zum Hauptmann bringen sollte.

Hauptmann Dobo empfing ihn freundlich und teilte ihm mit, dass die Räuber gefangen und er frei sei und seines Weges ziehen könne. Er und die Einwohner der Umge-bung werden ihn, János und seinen Hund, in heldenhaft guter Erinnerung behalten.

Bis Abony könne er mit der Postkutsche fahren, wofür ihm der Hauptmann einen Freifahrschein übergab und sich bei ihm für seine Hinweise zur Ergreifung der Räu-ber bedankte.

Der Wächter brachte ihn bis zum unteren Tor und wünschte ihm alles Gute:

„Solltest du wieder in die Stadt kommen, so besuche mich, Ziegler Josef ist mein Name, du brauchst nur nach Jozsi bácsi im Tal der schönen Frau zu fragen. Dort habe ich ein kleines Haus, einen kleinen Weingarten und einen Weinkeller, dort ist es gemütlicher, als hier auf der Burg.

Zu deiner Orientierung: Hinter der Burg im Westen liegt der höchste Berg der Mátra mit über 1000 Meter, der

Kékestetö und im Nord-Osten der Burg und der Stadt ist der Istállóskö, er ist nicht ganz so hoch, doch der höchste im Bükk, unserem Buchenwald-Gebirge."

Als János sich an der Postsäule nach der nächsten Postkutsche in Richtung Abony erkundigte, bedeutete man ihm, dass diese erst wieder am nächsten Tag führe. Aber am Marktplatz sei noch ein Tuchhändler vom Markttag, aus Hatvan, der über Abony zurückreise. Der könnte ihn vielleicht mitnehmen.

János wurde mit dem Händler schnell eins, der schließlich froh war, einen Reisegefährten auf der langen Strecke zu haben und in Abony müsste er ohnehin Rast machen.

So kam János mit der Fuhre des Tuchhändlers noch am selben Tage vor dem Spritzenhaus, gegenüber der Kirche, in Abony an.

Unterwegs wurde er gut durchgeschüttelt, aber er erfuhr auch viel über den Tuchhandel in der Gegend, der nun nach dem Abzug der Türken, langsam wieder anlief. Aber die Menschen seien arm, besonders auf dem Land. Und sie würden immer wieder ausgeraubt, die Zeiten seien unsicher. Und der Händler erzählte ihm, dass gerade am Markttag der Burghauptmann Dobo eine Räuberbande aufgespürt und gefangen genommen hätte, worüber sich die ganze Umgebung freute.

János lächelte in sich hinein, war er doch mit Puli an dieser Freude nicht unbeteiligt. Aber er wollte mit ihrer „Heldentat" nicht prahlen. Er freute sich mehr darüber, seinen Puli gleich wieder begrüßen zu können.

Wiedersehen mit Puli

Der erste, der János begrüßte, war Puli.

János war gerade vom Fuhrwerk abgestiegen, da sprang Puli schon an ihm herauf, wedelte mit dem Schweif, bellte und sprang umher und tobte, sprang an ihm immer wieder hoch und leckte seine Hände, er war übervoll der Freude. Und auch János war sehr froh, seinen treuen Gefährten wiederzuhaben und drückte und liebkoste ihn immer wieder.

„Na, du bist schon mein tapferer Held!"

Die Ankunft János's sprach sich schnell herum, die Menschen liefen zusammen, umstellten den Wagen des Tuchhändlers und priesen János. Der Dorfälteste kam mit zwei kräftigen Burschen heran, die er als Dorfordnungshüter vorstellte und sie brachten die Fracht des Händlers im Spritzenhaus unter, die Pferde aber führten sie in einen leerstehenden Stall.

János und der Tuchhändler waren als Gäste des Dorfältesten eingeladen worden. Die Kinder begleiteten János bis zum Haus des Ältesten die ganze Straße entlang.

Während des Abendmahls berichtete der Sohn des Gastgebers János, dass Puli erst sehr traurig war und sich in eine Ecke des Hofes verzogen hatte, aber allmählich zu ihnen Zutrauen fand und mit ihm und ihrem größeren Schäferhund durchs Dorf zog. Sogar einen Hasen hätten die zwei zusammen gejagt, aber natürlich nicht erwischt.

Puli saß János zu Füßen und er hörte aufmerksam zu. Der Hausherr entschuldigte sich für das bescheidene Abendmahl, er sagte:

„Maisbrei und in Birkenrinde eingelegter Schafskäse nebst Tomaten und frischem Wasser an dieser Tafel sind sicher immer noch besser, als Trockenbrot und Wasser hinter Kerkermauern."

Beide Gäste pflichteten ihm bei und bedankten sich bei der Hausfrau für das wohlbereitete Mahl. Als Abschluss des Abendessens holte der Hausherr eine Flasche Pálinka hervor und bat den Sohn, Gläser zu bringen und allen einzuschenken. Mit einem Tost auf das Wohl seiner Gäste hob der Hausherr die Tafel auf und bat János, seine Geschichte zu erzählen, die sicher auch den Herrn Händler interessieren würde.

János erzählte, wie er vor seinem Bauern floh und in die Räuberbehausung kam und wie er dann von diesen entwischen konnte und schließlich mit dem Schimmel in dem Dorf ankam und im Spritzenhaus festgesetzt und schließlich in die große Burg gebracht wurde.

Auch von seinem Erlebnis im Kerker erzählte er kurz und betonte immer wieder, wie sein Hirtenhund Puli ihm treu zur Seite stand und die letzten Tage fehlte. Puli spitzte dann immer die Ohren, wenn János ihn erwähnte und knurrte Zustimmung. Alle lauschten seiner Erzählung aufmerksam. Besonders das Töchterchen des Dorfältesten, Marika, hing geradezu an seinen Lippen und las die Worte von seinem Munde ab, bevor er sie ausgesprochen hatte.

Sie saßen lange im Rosenöllampenschein und erzählten und kamen immer wieder auf die Raubüberfälle der letzten Zeit zu sprechen, die aber mit der Festsetzung der Räuber vorbei sein sollten.

Spät am Abend kam noch ein Bauer vorbei und bedankte sich für das zurückgebrachte Pferd, das ihm auf dem Pferdemarkt gestohlen worden war. Und er erzählte, wie ein Bursche damals das Pferd musterte und tat, als ob er es kaufen würde und es einmal probereiten wollte und dabei auf und davon ritt.

Am Morgen danach versammelte sich viel Volk auf dem Dorfplatz und der Dorfälteste führte ein Tier vor, das er János mit den Worten übergab:

„Für deine Dienste für das Dorf und die Umgebung schenken wir dir ein treues Tier, einen braunen Muli[*]. Solltest du einmal so begütert sein, dass du dir ein eigenes Pferd halten kannst, dann bringst du uns das Tier wieder zurück."

Und er steckte ihm noch einige Pengö zu und empfahl ihm noch Mal, in Richtung Debrecen zu ziehen, in der Puszta würden junge Hirten gesucht.

János holte seinen Hirtenstab hinter dem Feuerwehrschuppen hervor, wo er ihn versteckt hatte, schnallte seinen Tornister fest, stieg auf und ritt winkend davon. Nur das Töchterchen des Dorfältesten, Marika, lief einige Schritte mit und warf ihm ein Kusshändchen hinterdrein und winkte den zwei Helden lange nach.

Puli marschierte treu neben Muli einher.

---

[*] *Muli, Mulus, Maulesel: Kreuzung zwischen Pferdehengst und Eselstute*

Kleine Schenke

János lenkte die Schritte seines Muli nach Süden, doch merkte er alsbald, dass der eingeschlagene Weg mehr und mehr südöstlich führte. Die Landschaft wurde immer flacher und ärmlicher, die wenigen Dörfer, die er streifte, waren kleiner, aber auch noch ärmlicher als die Dörfer im Norden, von wo er gerade herkam.

Die Ziehbrunnen, an denen er Rast machte und seinen Durst stillte und vor allem den von Puli und Muli stillen ließ, waren sehr ungepflegt, das Wasser roch leicht muffig. János schaute in die Runde und konnte nur hie und da am Horizont Stallungen oder gar Behausungen erkennen. Die Brunnen wurden also selten genutzt, einige waren kurz vor dem Einfallen.

Für die Übernachtungen suchte sich János ein Bauernhaus am Rande eines Dorfes, eine einzelstehende Tanya aus, meist erlaubten ihm die Bauern in der Scheune oder am Strohschober mit seinen zwei Gesellen zu nächtigen. Auf den Höfen erstand er auch immer etwas Brot und Milch, und ab und an ein Stückchen Speck oder Käse.

Oft waren auf seinen Tagesmärschen die Siedlungen und Behausungen so weit voneinander, dass er mit seinen zwei Treuen an einem Stroh- oder Heustapel, manchmal auch Maisstapel oder einfach an einem Ziehbrunnen nächtigte.

So kamen sie nach Tagen an einen breiten Fluss. Schon von weitem war sein silberner Spiegel zu sehen und János wusste, dass der Fluss erst ihren halben Weg bedeutete, aber jenseits des Stromes die Puszta und darin die Hortobágy lagen. Am Ufer waren einige Kähne festgemacht,

aber mit ihnen konnte er nicht mit Muli und Puli übersetzen, der Fluss war sehr breit und er wusste nicht, wie weit
Muli und Puli schwimmen konnten. Flussabwärts erkannte János einige Häuser und er begab sich erst mal zur Rast
dorthin.

In der kleinen Schenke am Rande des Dorfes erfuhr er
von der Wirtin, die ihn und seine Gefährten freundlich
bediente, dass zweimal am Tage eine große Fähre über-
setze, die auch Pferde und Wagen hinüberbringe, aber zur
Zeit auf der anderen Seite sei, durch das hohe Schilf am
Ufer könne man sie von dieser Seite nicht sehen. Er solle
sich gedulden, wenn die Sonne tiefer stünde, käme der
Fährmann herüber und nähme ihn sicher mit.

Aber, so ergänzte die Wirtin nach geraumer Weile, er
könne auch in der Schenke übernachten, denn nach dem
Übersetzen mit der Fähre käme er nicht mehr weit und in
der Puszta fände er nicht gleich eine Bleibe.

Für ihn sei Raum im Gasthaus und für seinen Muli sei
in der Scheune Platz und Heu genug und sein Hund würde auf ihn auch sicher gut aufpassen.

Dieses freundliche Angebot konnte János nicht aus-
schlagen und er entschied, bei der Wirtin zu bleiben, ein
bisschen Ruhe könnten sie sich alle gönnen.

Nachdem er Muli mit Heu und Wasser versorgt hatte,
begab er sich mit Puli in das Dorf, wo er einige Einkäufe
tätigte, die er in seinem Tornister verstaute. Dabei erfuhr
er einiges über das Dorf und das Rittergut unweit der
Schenke am Fluss.

Als sie in die Schenke zurückkamen, setzte sich János
an einen Tisch am Fenster, Puli legte sich in die äußerste
Ecke hinter seinen Stuhl. Ihm gegenüber wirbelte gerade

der Zigeuner auf der Zimbal eine lustige Melodie, legte aber die Zimbalstöcke beiseite, nahm seine Geige und kam freundlich auf János zu und spielte ihm ins Ohr. János sang leise mit. Puli winselte, ihm waren diese Töne zu hoch.

Durch die Türe drängten lärmend vier Burschen herein und sie riefen laut:

„He, Zigeuner, spiel uns was lustiges, wir feiern heute!"

Sie bestellten Wein und eine große Schüssel Gulyás und waren fröhlich und lustig.

Auch János schickten sie mit der Wirtin einen Becher voll Wein und prosteten ihm zu. Der Fährmann hatte kurz in der Schenke verweilt, sich an den Tisch zweier älterer Bauern gesetzt und bevor er mit diesen die Schenke verließ, rief er zu János hinüber, er möge zeitig an der Fähre sein, falls die Herrschaftskutsche drängele.

Die Burschen wurden immer fröhlicher, lauter und ausgelassener und der Zigeuner spielte Mal auf dem Hackbrett, Mal auf der Geige und feuerte ihre Fröhlichkeit mit seinen Klängen an. Die Burschen sangen mit dem Zimballist die lustigen und derben Strophen mit, dass die Fenster bebten. Und als er mit seiner Geige an ihren Tisch trat und sie aufforderte, ihm zu sagen, was er spielen solle, riefen sie ihm der Reihe nach ihre Wünsche zu. Der erste wollte:

„Gödöllöer Akazienwald..."

und alle sangen laut mit.

Einer sang, er verlor dort sein Taschentüchlein, der andere, er verlor dort sein Ringlein und der dritte, dass er dort sein Herz verloren hätte und der letzte stöhnte, dass er dort sein Schätzchen verloren habe.

Und János dachte an die nächtliche Wanderung durch den unendlichen Akazienwald und er wusste, was man da verliert, ist für immer verloren. Da rief einer:

„Ich setzte so gerne über die Theiß, weil ich dort mein Liebchen weiß".

János gefiel der Anfang der zweiten Strophe so gut, die er etwas auf sich bezog und belächelte:

„Über die Theiß ich trau mich nicht,
hab Angst, dass mir mein Muli bricht...
In des Stromes Fluten ich untergehe,
mein herzliebstes Schätzchen nicht wiedersehe!"

Die Burschen summten etwas melancholisch vor sich hin, als träumten sie alle von ihres Liebchen Schlehenaugen. Als dann einer:

„Az a szép"

anstimmte, summte János nur mit, Puli brummte und die Wirtin kam freundlich, fröhlich singend herein und schwenkte den nächsten Krug voll Wein auf den Tisch. Das Lied wurde noch Mal gesungen und János sang nun laut mit:

„Die ist schau, der ist schau,
wessen Augen sind so blau,
wessen Augen sind so blau.
Sieh die meinen,
meine die sind dunkelblau,
bin dem Liebchen dennoch
ich nicht fesche schau.
Die ist schau, der ist schau,

wessen Augen sind so blau,
wessen Augen sind so blau."

Und der lustige und schlanke Bursche mit schwarzem Bart und schwarzer Weste überm weißen Hemd, den sie Sándor und Sanyi nannten, grölte den Schluss:

„ ...wessen Augen sind so schwarz!"

Und er rief:

„Spiele: Nem, nem, nem, nem, nem, nem, nem, nem megyünk innen el...!"

Und alle sangen wieder fröhlich mit:

„Nein, nein, nein; nein, nein, nein,
nein, wir gehen hier nicht weg,
schenke uns der Hausherr ein,
oder vertreibe uns mit einem knarzigen Steck!"

Und in der zweiten Strophe sang Sándor:

„Geht es dem Hausherrn nicht in den Ranzen,
dass wir hier singen, feiern und tanzen,
solle er sich nicht lange besinnen
und trage schnell sein Haus von hinnen!
Und wie aus einer Kehle rufen wir,
wir tanzen und lachen und bleiben hier!"

Alle jubelten ihm zu und er rief zur Wirtin:

„Schenken Wirtin, goldig Blümlein,
her mit ihrem besten Wein,
alt wie mein Oheim soll er sein
und feurig, wie's jung Liebchen mein!"

Und zum Zigeuner gewandt rief Sanyi, indem er ihm einen Schein zwischen die Saiten schob:

"Spiel auf Zigeuner, spiele just,
zum Tanzen verspür ich wahre Lust!
vertanze heut mein ganzes Geld,
tanze aus meine Seelenwelt!"

Die Burschen sprangen und tanzten und sie wirbelten die Wirtin durch den Raum und auch János wurde in den Strudel gezogen. Als von draußen die Magd vom Herrenhaus ans Fenster klopfte und fordernd rief, dass Ruhe sein solle und die Herrschaften schlafen wollten, schleuderte ihr Sándor entgegen:

„Der Teufel fahr in deinen Herrn,
du aber dich zur Höll entfern!
Spiel auf Zigeuner, spiel erst recht,
selbst wenn ich heut mein Hemd verzecht!"

Und sie stampften durch den Raum und sangen immer lauter, die Becher scherbelten, dass der Wein verspritzte und sie sich in die Arme fielen, im Kreise um die Wirtin tanzten, die auf ihrem Haupte einen Krug mit frischem Wein mit einer Hand hielt und sich mit der anderen bei János einhängte und sie sich so im Kreise der anderen Burschen drehten.

Da klopfte es wieder ans Fenster, ein Mädchen ermahnte sie mit zarter Stimme, dass sie sich doch etwas leiser vergnügen sollten, ihre arme Mutter läge krank zu Bett.

Darauf gab keiner Antwort, stürzten ihren Wein hinunter und Sanyi gab dem Zigcuner ein Zeichen, steckte ihm einen Taler zu und sie legten János die Hand auf die Schulter und der Wirtin einige Taler auf den Tisch und zogen leise heimwärts.

Unsere zwei Helden, János und Puli, blieben mit der Wirtin allein.

An der Brücke

Als János am nächsten Morgen zeitig an der Fähre ankam, winkte ihn der Fährmann heran und platzierte ihn mit Muli und Puli weit vorn auf der Fähre, von wo er einen guten Blick über den Fluss hatte.

Einige Bauern, mit Schafen und Schweinen, kamen heran, Bäuerinnen mit Körben voller Obst und Früchten, Wagen voller Melonen rollten heran und andere brachten Geflügel in großen Gestellen oder Stiegen voller Eier. Die Bauern erzählten, dass sie zum Markt an der Brücke zögen. Dort fände alljährlich der Große Herbstmarkt statt, der sich nun Jahre nach dem Abzug der Türken wieder belebe.

Von hinten rauschte eine Kalesche heran, die Bauern sprangen zur Seite und der Kutscher rief dem Fährmann in barschem Ton zu:

„Die Herrschaften haben es eilig, binde deine Fähre los und mach schon!"

Der Fährmann brummte etwas, wie:

„Aufgeblasenes Volk und der Esel hält sich auch noch für was Besseres ",

blinzelte János zu und legte ab. Die Fähre schwebte an einem langen Seil auf die andere Seite. Auf dem Deck trat Ruhe ein, alle genossen den Schwebezustand über dem Fluss.

Und János sah, wie das Seil sich durch den Strom wand, wie eine unendlich lange Spindel, und einige Wildenten aufflattern ließ, die inmitten des Flusses nach

Fischen tauchten. Der Fährmann kurbelte nur wenig am Steuerrad, um mit der Strömung im großen Bogen leichter zum anderen Ufer getragen zu werden. Das Schilf, das beidseitig des Ufers bis tief in die Flussrinne hineinragte und ihm ein weicheres Bett bereitete, war im Fährenbereich flussaufwärts zurückgeschnitten, dass das Seil die Fähre ungehindert von einer Seite zur anderen geleiten konnte.

Auf der anderen Seite angekommen, fuhr zuerst die Kalesche von der Fähre und die Masse strömte hinterher und verlor sich auf einer staubigen Straße, die in die Puszta hineinführte.

János hatte sich etwas seitlich gestellt, um von der abströmenden Menschenmenge nicht überrannt zu werden und erfuhr dann von dem Fährmann, dass immer zu Markttagen ein solches Gedränge entstünde, alle hätten es sehr eilig, wenn es zum Markt an der Brücke, oder später, im Oktober, zum Pferdemarkt nach Debrecin ginge.

János ritt auf Muli die Straße in die Puszta hinein. Selten kam ihm ein Pferde- oder Ochsengespann entgegen, die Puli schon durch Bellen ankündigte, wenn sie noch in weiter Ferne waren. Muli stapfte gemächlich voran und ließ sich weder von den aufflatternden Möwen oder Kranichen, noch von großen Fuhren, die Heu oder Stroh geladen hatten, beeindrucken.

Dann aber hatte Puli eine besonders große Fuhre angekündigt. Von weit in der Ferne schob sich eine hoch aufgetürmte Fuhre heran, die von sechs Ochsen oder Rindern gezogen, vielmehr geschoben wurde. Sechs große, langhornige graue Tiere waren entlang einer Deichsel paarweise in ein Joch gespannt und trotteten und schoben des Weges.

Oben auf der Fuhre, hoch über den Rindern, thronte ein Bursche mit weißem Hemd und schwarzem Hut, der mit einer langen Peitsche, und hü und har rufend, das Gespann vorwärts dirigierte.

János musste auf Muli zur Seite weichen, um die Ochsenfuhre durchzulassen. Und er wunderte sich, dass die Tiere ohne Zaumzeug und weitere Geleitpersonen von oben dirigiert werden konnten.

Gegen Abend kam János vor der Brücke an. Schon von weitem sah er das emsige Treiben, das sich ihm durch eine große Staub- und Dunstwolke angekündigt hatte. Die Straße, die von der Fähre bis zur Brücke führte, machte nur wenige Windungen durch das flache, fast eintönige Land. Große Weideflächen erstreckten sich längs der Straße, große Viehherden waren selten zu sehen, deren Stallungen weit ab von der Straße hinter Gestrüpp und Hecken hervorlugten.

Das letzte Stück des Weges vor der Brücke war schnurgerade und die Ebene wurde zusehends grüner, je näher er der Brücke kam. Links und rechts vor der Brücke, die sich im leichten Bogen über einen Fluss zog, weideten große Graurinderherden. Ein Hirte mit weißem Bunda und grauem Hut, mit einer langen Pfeife im Mund, stützte sich auf seinen Hirtenstab und gab seinem großen langhaarigen Komondor gerade Befehle, die hinteren Rinder näher heranzuholen.

Jenseits des Flusses, in der Nähe eines Ziehbrunnens, weidete eine ähnliche Herde, aus deren Mitte drei Reiter davon stiebten, auf die Brücke zu. Über die Brücke polterte ihm eine Pferdekutsche entgegen und dahinter sprengten zwei Reiter peitscheknallend heran. Rechts hinter der Brücke baute sich der große Markt auf. Von der Brücke konnte er sehen, dass man sich auf dem Markt schon für die Nacht rüstete, denn die Sonne in seinem Rücken stand schon sehr tief.

Beim Verlassen der Brücke erkannte er linkerhand hinter der Brücke eine große, mit Schilfstroh gedeckte Schenke, die ihm im Näherkommen immer lauter entgegenlärmte. Er band seinen Muli an einen Pfahl und warf einem kleinen schwarzhaarigen Burschen einen Kreuzer zu, dass er auf sein Reittier aufpassen solle.

Er schlenderte mit Puli über den Markt und seine Augen weideten sich an den vielen Früchten, Melonen und Kürbissen, Kartoffeln, Mais und den vielen Holzschnitzereien, von denen er ja etwas verstand, Flöten und Schalmeien und Holzkulacse, die mit feinem Leder überzogen und bunt bemalt waren, neben Peitschen und Stickereien, den vielen Töpfen, Lederwaren und Fellen in Hülle und Fülle. Körbe jeder Art und Größe und, was ihn am meisten interessierte, schöne Sattel und Zaumzeug, neben Jagdausrüstungen und Fässern und Bottichen, Wollstrickwaren neben bunten Decken.

Dahinter, mehr zum Fluss zu, der an dieser Stelle völlig schilfbewachsen war, erstreckte sich der Viehmarkt, alles krähte und gackerte und schnatterte. Schafe blökten, Schweine grunzten, Rinder in jedem Alter und jeder Farbe und daneben die Esel und wenige Pferde.

Ein bunter, großer Markt in Abendstimmung. Die große und bunte Vielfalt machte ihn taumelnd und trunken, dass er fast einen Bauern, der ihm am Morgen auf der Fähre Auskunft gab, überrannte, der seelenruhig seine Hühner in einen Käfig zurück verfrachtete und meinte:

„Heute wird wohl keiner mehr Hühner kaufen wollen, morgen ist auch noch ein Markttag. Setzen wir uns auf ein Glas in die Schenke."

Und sie liefen, miteinander plaudernd, auf die alte Schenke zu. Auf dem Weg erfuhr er von dem Bauern, dass auf dem hidi Vásár, dem Brückenmarkt, nur wenige Pferde angeboten würden, der Pferdemarkt sei im Herbst in Debrecin, der Hauptstadt der Hortobágy.

Vor der Schenke sprang János der Muli-Junge entgegen:

„Muli bácsi, ich führe sie zum besten Brunnen des Platzes, dort können sie ihr Muli tränken und dann besorge ich ihnen ein Bündel Heu."

Er band das Tier los und führte es zum Brunnen, János und Puli folgten ihm. Der Junge verplauderte ihnen, glücklich und offen wie eine Plaudertasche, dass er zu Markttagen immer hierher käme, um sich einige Kreuzer zu verdienen und es sei ihm noch nie ein anvertrautes Tier abhanden gekommen. Auch er, der Muli bácsi, könne sich auf ihn verlassen und sich ruhig in die Csárda setzen. Aber das Heu und die Abendwache kosteten noch einiges und er führe ihn dann auch zu einer Scheune, wo sie alle übernachten könnten.

Als sich János umsah, war sein freundlicher älterer Begleiter, der *Hühnerbauer*, längst vom Tumult der Csárda eingefangen.

In der Csárda

Als János in der Dämmerung die Csárda betrat, schlug ihm Rauch und Lärm entgegen und er bahnte sich nur mühsam einen Weg durch den Raum, links und rechts nach freien Plätzen spähend, seinen Hirtenstab und Puli hinter sich herziehend. Unweit des Tisches, vor dem Kachelofen, einer Art Kamin, war die Zigeunerkapelle platziert. An einem Tisch in der Nähe des großen Kachelofens sah er zwei freie Plätze.

Am Tisch ging es schon lustig her, die Männer, in Reitstiefeln und blauen weiten Hosen und blauen Blusen und dunklen Westen, scherzten, lachten und waren fröhlich. Hinter dem Tisch an der Wand hingen blaue Talare und dunkle Hüte mit Reiherfeder und Peitschen. Und János meinte sich bei der lustigen Runde niederzulassen. Aber da sprangen zwei Burschen auf:

„He Kamerad, großer Held, du bist im Begriffe, dich an den falschen Tisch zu setzen".

János drängte sie zur Seite und meinte:

„Hier ist doch frei, oder nicht?"

Die Männer am Tische lachten schallend und einer der Burschen meinte:

„Hier ist frei, aber nicht für dich und deinen Hund!"

Das empfand János als Beleidigung und sie gerieten in ein Handgemenge und Puli zerrte knurrend an den Hosen des einen. Ringsum die Männer lachten. Da sprangen vom Nachbartisch zwei Burschen zu, drängten die blauen

Burschen ab, nahmen János in ihre Mitte und brachten ihn an ihren Tisch.

„Setz dich zu uns Kumpel. Die Csikos und Pferdeknechte sind zu stolz und dulden keine Schafhirte an ihrem Tisch, schon gar nicht ohne den Rangältesten gefragt zu haben".

Doch János schüttelte den Kopf:

„Aber woher wissen die, dass ich ein Juhász bin?"

„An deinem Hirtenstab und deiner Aufmachung. Außerdem reitet kein Csikos auf einem Maulesel, wie du. Hier wird jeder Fremde sofort wahrgenommen und zugeordnet. Jede Zunft hat hier ihren eigenen Tisch. Am ranghöchsten sitzen die Csikos, dann kommt der Gulyás, die Hirten der Graurinder, danach erst rangieren wir Schafhirte, die Juhász, und danach kommen die Schweinehirte, die Kanász, am Nachbartisch.

Und kommst du hier in der Hortobágy und Puszta in eine Csárda, und sitzen da schon Hirten am Tisch, musst du immer erst den ranghöheren fragen, ob du bei ihnen Platz nehmen kannst, sonst gibt es Ärger oder gar eine Schlägerei, wie eben. Aber es ging ja heute glimpflich ab. Nun setze dich erst und bestell dir was und erzähle uns dann, wer du bist und woher, wohin!"

János setzte sich auf die Bank an der Wand, wo einer der Hirten etwas beiseite rückte, und Puli kroch unter die Bank. Ein Kellner mit roter Weste kam und János bestellte eine Schüssel Halászlé und einen Krug Wein.

Die Zigeuner fingen an zu fiedeln, aber sie kamen gegen den Lärmpegel in der Schenke kaum an.

An einigen Tischen wurde áldomás (Aldemasch, Segnung) getrunken, die Geschäftsabschlüsse gefeiert.

Von der anderen Ecke hörte János, dass einer seinen Becher auf die Anstellung als Hirte hob.

Nebenan, bei den Steppenrindhirten, hatte ein Bojtár seine Aufnahme als Gulyáshirte kundgetan und stieß mit den Zunftkollegen an.

In diesem Stimmengewirr stieg vor den Zigeunern ein junger Bursche auf die Ofenbank und rief laut in den Saal:

„Wir führen heute einen Rede- und Vortragswettbewerb aus; wer die beste Kurzgeschichte, den besten Witz, das beste Gedicht oder schönste Lied, den schönsten Tanz vorträgt oder vorstellt, die originellste Unterhaltung bietet, ist Sieger und wird von uns anderen und dem Wirt freigehalten. Die Juroren sind der Wirt, der Rangälteste und der Zigeunerprimás."

Ein Raunen ging durch die Reihen und János sah beifälliges Nicken an den Tischen. Die Zigeuner spielten leise und schickten getragene Weisen durch den Raum. An einigen Tischen wurden die Köpfe zusammengesteckt, man beratschlagte und debattierte, winkte ab oder gestikulierte Einverständnis.

Da setzte die Kapelle zu einer flotten Weise an und brach abrupt ab.

Vier Csikos traten vor, setzten ihre schwarzen Hüte, die mit rot-weiß-grünen Bändern geschmückt waren, auf und führten einen Hirtentanz vor. Die Zigeuner spielten einen rhythmischen Csárdás und die Tänzer fassten sich an der Schulter und drehten im Kreise, schwenkten ihre Hüte und sprangen und warfen ihre Beine und stampften und klopften an die Stiefel und riefen „hej haj" und juchheten und brachen plötzlich ab.

Ein temperamentvoller Tanz, lustige Burschen und anerkennender Beifall.

Der Bursche, der den Wettbewerb angekündigt hatte, sprang auf die Ofenbank und trug ein sehr lustiges Gedicht über die Betyáren vor, die als Pferdediebe die Gegend verunsicherten.

Auch er wurde mit Beifall und bravo Rufen bedacht.

Ein Rinderhirte stand auf und erzählte einen Gulyás-Witz, einen echten derben Männerwitz, der darin gipfelte, dass seine Ochsen alle bei den Büffelkühen fremd gegangen seien und deshalb alle Steppen-Graurinder so lange und geschwungene Hörner hätten. Die Männer klatschten sich auf die Schenkel und stießen sich gegenseitig an die Schulter und lachten.

Danach stand ein Schweinehirte auf, legte einen weißen Talar um und band sich ein Tuch um den Kopf und torkelte nach vorn und mimte einen Türken. Die Männer lachten schon, bevor der in gebrochenem Ungarisch ansetzte:

„Ich möchte zu gern ein Türke sein!"

Und er führte aus, dass die Türken viele Weiber hätten, die gut kochten und ihnen die Zeit sehr angenehm vertrieben, was immer wieder in den Ausruf mündete:

„Ich möchte zu gern ein Türke sein".

Aber dann in seiner Schlusspointe die Umkehrung fand und alles negierte:

„...jedoch sie trinken keinen Wein,
nein und noch Mal nein,
ich möchte doch kein Türke sein!"

Und die Männer lachten schallend und hoben ihre Becher und prosteten sich und ihm zu und ließen den Kanász hochleben.

Die Zigeuner vor dem Kamin spielten zwischendurch flott auf und heizten die Stimmung weiter an.

Ein Bauer erzählte einen ländlichen Witz. Der junge Bursche trug ein weiteres Gedicht vor, das die Schönheit der Puszta und der Theiß beschrieb und die Stimmung etwas ins melancholische zog. Er merkte das und setzte ein zweites nach:

„Wenn ich zu meinem Liebchen gehe..."
Und das erheiterte das Wirtshaus wieder.

Aber so ganz hatte János die letzten Beiträge nicht mitbekommen, denn er überlegte die ganze Zeit, ob und wie er einen Beitrag bringen sollte. Während der Zymballist und der Primás ein Gezwitscher, wie eine Lerche, die immer höher steigt, durch den Raum geschickt hatten, stand János auf und gab Puli ein Zeichen, dass sie nach vorn gingen.

Nach einem Tusch stellte sich János und Puli kurz vor, woher er kam und wie er hierher geraten war und er erbat sich eine Flöte und bestellte den Csárdás:

„Ritka buza..."
(Seltene Gerste, seltenes Korn
und seltener Weizen,
selten ein Mädchen an Schönheit und Reizen).

Und János und Puli tanzten Csárdás. Die Männer lachten. Links zwei, rechts zwei Schritte und im Kreise drehen, rechtsherum und linksherum und immer schneller, im Applausrhythmus der Massen.

Als János ein Solostück und dann zu dem Zymballist und Geigenprimás auf der Flöte spielte und Puli auf den Hinterbeinen sprang und dazu jaulte, brach ein tosender Applaus los und ein Johlen und Toben, dass die Csárda bebte und das Schilfrohrdach rhythmisch in den träumenden nächtlichen Himmel schwang.

Der Jubel steigerte sich noch, als der Wirt, nach Beratung mit den Juroren, verkündete, dass János und Puli die Sieger und Helden des Abends wären und er zusätzlich János einen Krug Wein und Puli eine große Knochenpaprikaschmahlzeit spendierte.

Den Wein verteilte unser Held ringsum in den Bechern seiner Juhász Nachbarn und brachte einen vollen Becher dem Burschen, der zu dem Wettbewerb angeregt hatte und trank mit ihm auf das Wohl des Hausherrn, des Hauses und aller Gäste.

Als János und Puli spät in der Nacht und etwas erschöpft vor die Türe traten, schlummerte der kleine Muliwächter an den Vorderhufen des Tieres auf einem Bündel Heu und hatte sich das Zaumzeug fest um den Leib geschnallt. Muli begrüßte sie mit einem brummigen Seufzer durch die Nüstern und zog dabei seine Oberlippe hoch, zum Zeichen seiner Verwunderung, oder war es gar eine Missbilligung?.

Und János tätschelte ihn:

„Ja, du hast ja recht, es soll nicht gleich wieder vorkommen, aber du hattest ja Bénes bei dir.“

Hunderennen

Am nächsten Tag trommelte der Kleinrichter des Ortes mit seiner großen Trommel und rief laut durch alle Gassen und verkündete über den ganzen Markt, dass zum Abschluss der Markttage, wie jedes Jahr, ein großes Hunderennen stattfände. Alle, die mit ihren Hunden teilnehmen wollten, sollten sich an der Brücke vor der Csárda melden. Das rennen fände zwischen dem Marktflecken und dem Fuß statt. Start und Einlauf sei an der Brücke. Die Rennläufe erfolgten in drei Staffeln, mit größeren, mittleren und kleineren Hunden.

János schaute auf Puli und der bellte mit drei Gautzern sein Einverständnis.

An der Brücke war Gedränge, viele wollten mit ihren Hunden glänzen oder waren nur neugierig und eilten zur Brücke, um von oben eine gute Sicht auf den Wettlauf zu haben.

János winkte seinen kleinen Muliwächter heran, der pfeifend durch die Massen schlenderte und sofort herbei sprang und empfahl, wenn er Muli zur Tränke führe, solle János mit Puli im Schatten sitzen bleiben und Puli vor dem Rennen kein Wasser oder etwas zu Fressen geben, denn das schwabbere beim Rennen so im Bauche und mindere die Geschwindigkeit.

János strich dem Jungen sein Einverständnis lächelnd übers Haar und drängte mit Puli zur Anmeldung. Sie wurden für den mittleren Lauf aufgenommen, wofür bis dahin vier Meldungen vorlagen. János schritt mit Puli die Bahn ab, sie war beidseitig mit Lappen begrenzt und in der Mitte mit Strohgarben getrennt. An den Enden der

Bahn waren jeweils Walzen mit dünnen Seilen aufgebaut, die einen Hasen vor den Hunden über die Bahn ziehen sollten. In der Wende waren die Strohgarben in der Mitte weggelassen und vor der Walze aufgebaut, so dass Hunde, die die Kurve nicht sahen oder bekamen, blind dem Hasen nachjagten, in die Strohpuppen prallen sollten.

János machte Puli darauf aufmerksam, der schüttelte den Kopf und jaulte und wunderte sich, dass János ihm so viel Hundedummheit zutraute. Und sie setzten sich bis zu ihrem Startaufruf auf einen kleinen Hügel, nahe der Brücke, von dem aus sie die Wettläufe übersehen konnten. Ihr kleiner Freund kam und band Muli an einen Brückenpfeiler und schwang sich auf den Rücken des Tieres, von wo aus auch er einen guten Überblick hatte. János und Puli rief er zu, wenn es geht, die Innenbahn in Laufrichtung zu nehmen, damit Puli nicht in der Kehre behindert würde, denn wie immer, bekämen auch diesmal nicht alle die Kurve.

Seine guten Ratschläge und Hinweise erwiesen sich schon im ersten Lauf als richtig.

Am Start war die große Kategorie, Komondor, Kuvasz und Jagdhunde. Angetreten waren zwei langhaarige, fast weiße Komondor und drei etwas kleinere, aber wendiger aussehende weiß gräuliche Kuvasz. Allen waren die Startnummern auf den Rücken geschnallt. Die zwei Komondor starteten mit den Nummern eins und zwei außen und es folgten die Kuvasz, mit drei bis fünf, innen.

Unter großem Massengejohle fegten die Hunde dem Kunsthasen hinterdrein, aber in der Kehre rammelten alle auf das Stroh. Und nur ein Kuvasz sah den Hasen auf der andern Seite und erwischte die Kurve, die anderen rasten mit Abstand hinterdrein. Ein Komondor gab ganz auf.

Großes Gelächter auf der einen Seite und Beifall und Zurufe auf der anderen. Nach dem der Lärm sich gelegt und die Hunde von der Bahn und die Strohpuppen neu geordnet waren, wurde als Einlage die kleine Gruppe an den Start gerufen.

Wieder traten fünf Hunde an, zwei Dackel, zwei Dachse und ein Foxterrier. Und an der Kehre das gleiche Fiasko. Nur der Foxterrier erfasste die Situation richtig und sprang über die kläffenden Dackel und Dachse und war als erster im Ziel. Die Begeisterung stieg mit der Spannung auf den letzten Lauf. Die Hirten setzten in letzter Zeit verstärkt auf die mittelgroßen Hirtenhunde, wie Puli.

An den Start gingen sechs Hunde, zwei Puli zwei Mudi und zwei Pumi. János´s Puli bekam die Nr. 4 und den Platz 4 von rechts. Der Mulijunge rief von oben Puli noch mal zu:

„Puli gib Ferse und pass in der Kehre auf".

Gleich beim Start sprangen alle Hunde mit einem großen Satz auf die Hasenpuppe zu, dem Hasen nach, alle strömten zur Mitte und bedrängten sich gegenseitig, nur die Nummer vier ließ sich leicht zurückfallen und blieb scharf links an den Strohpuppen und – wir ahnten es schon – der Pulk raste vor Puli in die Strohpuppen am Ende der Bahn, kläffte und purzelte durcheinander.

Puli nahm elegant die Kehre und erspurtete sich unter großem Beifall, Gejohle und Gekreische der Zuschauermassen den Sieg. Der Junge sprang vom Mulirücken und umarmte erst Puli, der fröhlich mit seinem Schweif wedelte und hitzig bellte. Dann stürmte Bénes zu János, umarmte ihn und beide liebkosten, streichelten und tätschelten Puli und waren des Lobes voll:

„Klasse gemacht, du bist ein guter, ein klasse Hund, ein Held bist du."

János nahm das ausgelobte Preisgeld unter den zustimmenden Rufen der Masse entgegen und spendierte den Seinen in der Csárda ein feines Mahl:

Puli, dem Helden des Tages, einen Hasengulasch, dazu eine Schüssel frisches Wasser,

Muli bekam ein Bündel Heu und einen Sack voll Hafer, später einen Eimer Brunnenwasser,

und János genehmigte sich und dem Muli-Jungen, Bénes, *Hortobágyer Palatschinken*. János bestellte sich einen Schoppen *Egri Bikavér* und Bénes einen Traubensaft mit Soda dazu.

Der Junge saß mit weitgeöffneten großen Augen und feurigroten Ohren in der Csárda, schaute sich wie traumverloren um, das Glück mit allen Sinnen aufnehmend und rief begeistert aus:

„Wenn ich Euch, János bácsi, und Puli und Muli nicht kennengelernt hätte, so hätte ich mir keinen *Hortobágyer Palatschinken* leisten können, die Türschwelle der Csárda ja nicht einmal übertreten dürfen."

Die näher sitzenden Gäste schauten auf, lächelten, nickten und prosteten den Siegern des Hunderennens anerkennend zu.

Gulyás, der Rinderhirt

An dem Abend in der Csárda hatten die Hirten János eingeladen, sie und ihre Herden in der Puszta zu besuchen. Und János machte sich auf den Weg, um bei einigen von ihnen vorbeizuschauen.

Als Muli ihn über die Holzbrücke trug, sah er von der Brücke aus weit hinten einige Stallungen und ausgedehnte Viehherden, auf diese ritt er zu. Die Weidenfläche war flach wie ein Brett. Wege waren nicht sehr ausgeprägt, in einigen tiefer gedrückten Spurrinnen sammelte sich Wasser. Die Spuren von Karren zogen sich kreuz und quer durch die Ebene. Entlang des Flusses zog sich ein breiter Schilfstreifen, aus dem die braunen Kolben wie kleine Braunbären herausragten.

János folgte einer Fahrspur, es war mehr ein Pfad entlang des Flusses. Vögel flogen auf, Frösche quakten. Je länger er diesem Pfad folgte, umso mehr war er gepackt vom Zauber der Landschaft. Schwalben in verschiedenen Arten, die er bisher noch nicht gesehen, ein auf roten Stelzen laufender Vogel umflatterte ihn ängstlich, offensichtlich kamen sie seinem Nest zu nahe. Puli bellte ihn an und der Stelzenläufer verschwand im Schilf hinter ihnen. Auf der anderen Seite sah er Störche auffliegen, die weiter hinten auf dem Dach einer Stallung in einem breiten Nest landeten. Fasanen und Rebhühner flatterten auf, hinter dem Schilf stiegen Wildenten und Reiher hoch, die blitzschnell ins Wasser tauchten und ein Nahrungsopfer in ihrem langen Schnabel wegtrugen.

János merkte, dass die Faszination der Flussregion ihn so gefangen nahm, dass er nicht merkte, wie der Weg entlang des Flusses ihn zu stark von der Herde nach rechts wegführte und er lenkte Muli querfeldein auf die große Herde zu. Puli stöberte durch die Puszta, schnupperte mal an einem hohen Grasbüschel, mal an einem Strauch, rannte voraus oder schleifte seinen roten Lappen hinterher.

Beim Näherkommen erkannte János, dass es eine große Herde Graurinder war, die von einem Gulyás und seinen zwei Hirtenhunden, einem Komondor und einem Kuvasz, gehütet wurde. Der Hirte erkannte János von weitem, ließ seine zwei Hunde hinter sich Platz nehmen und winkte den Besuch heran. Nach kurzer Begrüßung pfiff der Hirt zweimal kurz und hinter der Herde kam ein junger Bursche mit einem zweirädrigen, von einem Esel gezogenen Karren heran, auf dem er die getrockneten Fladen der Rinderherde eingesammelt hatte. Der Hirt wies ihn an, Muli an seinem Karren festzumachen und mit ihm zur Hütte vorauszuziehen und dort den Lagerplatz und die Feuerstelle vorzubereiten und im Bogrács heißes Wasser zu bereiten.

Der Karrenschieber freute sich über diese Aufgabe, brachte sie doch Abwechslung in seine eintönige Fladensammelei, als Lehrling oder Bojtár im ersten Jahr. Janko fragte seinen Herrn:

„Laci bácsi, darf ich auch Kuvasz mitnehmen?"

„Ja, den kannst du mitnehmen Janko, ich habe ja mit Puli eine Verstärkung, aber spute dich, dass bis Sonnenuntergang aufgeräumt und Ordnung ist!"

Puli, der seinen Namen hörte, lief zu Kuvasz und Komondor und sie beschnupperten sich.

Die weißen Hirtenhunde blieben bei Laci bácsi sitzen, federten mit ihrem Schweif und nahmen huldvoll die Begrüßung des kleineren Gastes und schwarzen Puli an, der sich mit heraushängender Zunge zwischen die beiden setzte. Janko band Muli an der Karre fest und machte Kuvasz ein Zeichen, dass sie starten könnten. Der aber schaute auf seinen Hirtenherrn und erst als dieser ihm ein Zeichen gab und sagte:

„Folge Janko!",

erhob er sich und lief zum Karren. Laci bácsi nahm seinen Stab und sie schritten mit János und den Hunden in entgegengesetzter Richtung um die Herde. Da bemerkte János in der Ferne erstmals das Schauspiel am Horizont. Ihm schien, als ob die ganze Puszta auf dem Kopf stünde, der Ziehbrunnen, die Hütten in der Ferne und die Sträucher über dem flachen Land, schwebten wie in einem großen blauen See und der See war von leichten Kräuselwellen überzogen und flimmerte und flackerte. Ein Teil der Herde stand kopfüber am Ziehbrunnen, der selbst zweifach vor ihnen, wie Bild und Spiegelbild, flimmerte.

Laci bácsi sah das Staunen János's und wie er wie gebannt den Kopf leicht wiegte, und er erklärte ihm das faszinierende Bild.

„Ja, du staunst über unsere Zauberin des Südens. Das ist Délibáb, die ungarische Schwester der afrikanischen Fata Morgana. An solchen heißen und windstillen Tagen, wie heute, steigt die am Boden erhitzte Luft flimmernd auf und wenn sie auf kühlere Luftschichten trifft, dann können wir dieses Naturschauspiel sehen. Es ist eine Naturerscheinung in unserer Puszta, die wir an heißen Sommertagen fast alltäglich, meist nachmittags erleben. Jetzt, Ausgang des Sommers, tritt Délibáb seltener auf und du wirst so gebannt auf den gleißenden See in der Ferne, in dem sich alles spiegelt, selten schauen können. Nur in der weiten Ebene der Puszta, die flach wie ein Brett in der Sonne liegt und nur von wenigen Bäumen und Sträuchern beschattet wird, narrt uns Délibáb im Sommer und führt uns fast täglich ihr einmaliges Schauspiel vor."

Und sie schritten langsam auf den Ziehbrunnen zu und Laci bácsi erklärte János, dass er zur Tränke der Herde mehrere hundert Eimer am Tage ziehen müsse, um den Durst der Rinder zu stillen. János half mit und zog Eimer um Eimer an der dünnen Stange hoch und schüttete das Wasser in einen langen hölzernen Trog, derweil Laci bácsi mit Komondor und Puli die Rinderherde zur Tränke heranholte. János sah sich die Konstruktion des Ziehbrunnens genauer an: Ein dicker Stamm war neben dem mit Steinen gemauerten Brunnen in die Erde eingelassen und in einer Astgabel ruhte ein dünnerer, längerer und beweglicher Stamm, der nach hinten verdickt und mit einem großen Stein beschwert war.

Der dünnere, längere Teil des Stammes, endete über dem Brunnen und daran war ein dünner Stamm befestigt, an dessen unterem Ende der schwenkbare Holzschöpfeimer schwebte und in den Brunnen hinuntergelassen und mit Wasser gefüllt heraufgezogen werden konnte. Und er staunte über das einfache und doch so gut funktionierende Prinzip. Und er bewunderte auch Laci bácsi, wie er die schwere Arbeit des Tränkens, früh und abends, schaffte. Jedes Rind vertilgt doch täglich mehr als einen Eimer Wasser, da müsste doch der Hirte erschöpft und die Puszta bald leergeschöpft sein. Der Hirte erzählte ihm später, dass durch die Frühjahrsfluten der Theiss reichlich Wasser in der Erde sei und die Brunnen nur wenige Meter tief sein müssten, dann liefe schon genügend Wasser ein.

Nach der Tränke zogen sich die Rinder bei untergehender Sonne etwas abseits unter drei alleinstehende, fast dürre, aber hohe Akazienbäume, wo sie von Komondor und Kuvasz bewacht, übernachten. Laci bácsi hatte Kuvasz herangepfiffen, Puli durfte zum Lager mit. Auf dem Weg dahin erklärte der Hirt:

„Die Akazienbäume, wie du sie nennst, sind Robinien, sie sind ähnlich robust und widerstandsfähig und anspruchslos, wie meine grauen Steppenrinder. Sie gehören fast zusammen. Du solltest wissen, die grauen Steppenrinder sind in der Puszta schon seit vielen Jahren, ja Jahrhunderten beheimatet. Diese Rinder sind Fleisch- und Milchlieferanten zugleich. Übrigens, das Pferdefuhrwerk dahinten bringt die Magd und Milchkannen heran, zum Melken der Kühe. Das Melken erfolgt zweimal am Tag, frühzeitig vor Sonnenaufgang und abends nach Sonnenuntergang, ich werde dazu nicht benötigt, wir können uns ans Feuer setzen."

Und während sie sich um das Lagerfeuer auf kleine Holzhocker setzten, Esel und Maulesel waren beidseitig des Karrens angebunden, und Janko ihnen einen Tee servierte, erzählte er weiter:

„Diese Herde gehört einem Großgrundbesitzer in Debrecen, wie zwei weitere hier in der Hortobágy, die Milch wird an einer Stelle verarbeitet. Nach dem Abzug der Türken und der Verwüstung der Region, haben viele Besitzende in Debrecin das Land in der Puszta und speziell hier in der Hortobágy bekommen. Wenn du Glück hast, kannst auch du in Debrecin bei einem dieser Reichen eine

Stelle als Hirte bekommen, versuchen kannst du es ja mal."

Dann stand er auf und nahm János den Teetopf ab und schritt zur Hütte und rief Janko zu:

„Lauf mal schnell zu den Melkern hinüber, sie sollten uns doch etwas Fleisch mitbringen. Ich bereite inzwischen den Kessel vor. Und frage sie, ob sie nachher mit uns mithalten wollen."

Und er machte zu János eine Geste, die bedeutete, er solle sich ruhig umschauen:

„Das ist in den Sommermonaten unsere Bleibe. Eine Hütte aus Schilfrohrstroh, das über Holzstangen festgebunden ist und im hinteren Bereich mit Lehm überschmiert wurde. Hier bewahren wir unsere Habseligkeiten wie Bunda, Decken und Westen, auch etwas Wäsche, auf und auch unsere Töpfe, Krüge und Becher und anderes Werkzeug und die Vorräte, wie Kartoffeln, Zwiebeln, Paprika und Paprikaschoten, Speck und Fett, Brot und vor allem den Kochkessel, unseren Bogrács und Lebbencs[*], das ist unsere getrocknete Teigware. Hinten ist ein Loch gegraben, darin ist ein großer gebrannter Lehmbehälter eingelassen, in diesem können wir einige Lebensmittel für kurze Zeit kühl halten. Die Sandschicht um den Behälter wird dazu täglich mit einem Eimer Wasser übergossen."

János schaute sich in der Hütte um. An einer Stange hingen ein lederbespannter Kulacs, einige aus Holz geschnitzte Pfeifen und Löffel und Becher aus Rinderhorn. In der Ecke stand ein Fogós, ein scharfgeschliffener Beilstock, der gegen Raubwild geschleudert werden konnte. János musterte den Stock und Laci bácsi bemerkte dazu:

„In letzter Zeit habe ich ihn nicht mehr benötiget, aber früher kamen die Wölfe hier in Rudeln von den Bergen, da war ein Fogós notwendig."

Ganz hinten hing der schwere Bunda und das fast weiße Feiertagsdress und darüber prangte der breitkrempige schwarze Filzhut mit einer Trappenfeder, als Zeichen des Rinderhirten.

Unweit der „festen" Hütte stand eine kleinere, steil aufragende Schilfhütte, aus der ein langer Stab ragte:

„Hier trocknen wir nach Regentagen die nassen Kleidungsstücke und in den warmen Nächten schläft der Bojtár, jetzt ist es Janko, darinnen."

Und wie auf sein Stichwort wartend, erschien Janko mit einem Päckchen in der Hand:

„Fleisch gibt es, Gäste keine."

Und sie schoben über der Feuerstelle drei Holzpfähle zusammen, schnürten sie oben mit einer kleinen Kette fest und hingen den Bogrács daran über das Feuer, das auf leichter Flamme gehalten wurde. Im Bogrács wurde etwas Speck ausgelassen und darin kleingehackte Zwiebel gedünstet, dann die goldgelb gegarte Zwiebel mit reichlich Paprika überstreut und alles mit etwas Wasser abgelöscht. Darauf wurde das in Würfelstücke geschnittene Rindfleisch geschichtet und unter gelegentlichem Umrühren geschmort.

János schürte das Feuer und war für das gleichmäßige Schmoren und Köcheln verantwortlich. Janko schälte Kartoffeln und schnitt diese nebst Paprikaschoten und Tomaten in Stücke. Laci bácsi holte die Hornbecher und einen Krug Wein aus der „Kühlkammer".

Als das Fleisch kräftig angeschmort war, kamen die Kartoffel-, Paprika- und Tomatenstücke darauf, das ganze wurde gesalzen und mit Wasser gerade so abgedeckt und weichgekocht. In dieser Phase der Gulyásbereitung musste János zunächst bis zum Kochen etwas stärker nachlegen, aber dann mit wenig Reisig den Bográcsinhalt nur am leichten Köcheln halten. Zum Schluss wurden von Laci bácsi zwei Handteller voll Lebbencs zugegeben, die nach wenigen Minuten gar waren.

Der Bogrács blieb über der Glut. Janko schöpfte mit einer Holzkelle den heißen und sämigen, roten Kesselgulasch, in Holzterrinen, die János ihm reichte. Puli bekam seine Portion auf einem Holzteller. Der Hirtenwirt goss aus einem kleinen mit Weiden umflochtenen Henkelkrug Wein in die Becher und erhob seinen Becher:

„Als Gulyás erhebe ich meinen Becher mit Egri Bikavér zum Gulyás auf unseren Gastgulyás und auf unser aller Gesundheit und einen lauschigen Abend. Egészségünkre! " (auf unser Wohl).

Als die Melker pfiffen und mit einem Lichtsignal anzeigten, dass sie fertig seien und abzögen, setzte Laci bácsi an Janko gewandt nach:

„...vergiss dann nachher die Hunde drüben nicht."

Puli brummte in die lodernden Flammen und blinzelte Janko zu, wie:

„...und ich komme mit".

---

*) *Lebbencs: Kleine dünne Trockenteigstücke, die von den Hirten in kleinen Säcken mitgeführt werden. Diese werden aus Mehl, Salz, Ei und Wasser zu einem festen Teig verarbeitet, dünn ausgerollt, zerkleinert und getrocknet*

Csikos, der Pferdehirt

Als János und Puli sich nach Tagen von Laci bácsi, Janko und ihren Hunden verabschiedeten, schickte der Esel von dem Karren ihnen mehrmals ein langgezogenes „ia, ia, ia" hinterher. Muli grüßte wiehernd, grunzend, zurück.

Den Tagesablauf des Gulyás hatte János aus nächster Nähe erlebt und die Härte seines Loses, aber auch die Schönheit seines Berufes und Lebens nachempfunden und dabei viel gelernt. Laci bácsi war ihm ein freundlicher Lehrmeister, Janko ein gutmütiger Kamerad. Selbst die Hunde ließen beim Abschied die Ohren hängen.

Aus seinen Gedanken bei den Rinderhirten und ihrer Rinderherde mit ihren mächtigen Hörnern holten ihn ein Stolpern und Anhalten Mulis und ein kurzes Kläffen Pulis auf den holprigen Querfeldeinweg zurück.

Muli stand vor einem Graben, aus dessen Binsengras Enten hoch schreckten, denen Puli hinterher bellte. János lenkte die Hufe Mulis entlang des Grabens, bis sie über einen schmalen Steg auf der anderen Seite des Grabens ihren Weg in westlicher Richtung auf das Gestüt fortsetzen konnten.

Laci bácsi hatte ihm den Weg beschrieben und ihm erklärt, dass der Wassergraben die Grenzziehung zu dem Gestüt und dem Reich der Csikos bedeute. Und auch, dass die großen Pferdeherden einem reich gewordenen Heiducken in Debrecen gehöre. Die Heiducken waren einst in Vorzeiten Viehtreiber, die das Vieh der Puszta auf die Märkte bis Konstantinopel und Venedig begleiteten und verteidigten und später berühmt, berüchtigte Söldner und Soldaten der Fürsten in Siebenbürgen, die diese noch später um Debrecen angesiedelt haben. So wurde Debrecen die Hauptstadt des Heiduckenlandes und der Puszta. Nach dem Abzug der Türken wurden einige von ihnen von den Fürsten mit großen Ländereien belohnt.

János spürte die Weite der Hortobágy fast schmerzlich, die Sonne brannte und kaum ein Strauch oder Weiden- und Akazienbaum, die Schatten für eine Rast spendeten. Eine schier unendliche Weidenfläche, die in der gleißenden Sonne ihm erneut eine flimmernde Oase vorgaukelte, die ihn aber diesmal weniger faszinierte, nicht nur weil sie eintöniger und grauer in der Ferne schwamm, wohl auch, weil die Herde und das Gestüt noch nicht in Sicht waren und er und seine zwei Getreuen geradezu in die Sonne hinein strebten, Délibáb vor ihnen herschwebte und sie in die unendliche Weite hinein sog.

Zuerst wieherte Muli, nahm er etwas wahr? Danach bellte auch Puli und János vernahm ein zischendes Knallgeräusch, das sich wiederholte. Das war doch Peitschenknallen, was er da vernommen hatte. Und wie aus einem Schleier stampfte in einer Art Doppelschicht eines großen Sees eine riesige Pferdeherde vor ihnen dahin und der Schleier riss und ließ eine dumpf trabende Herde vor dem Peitschenknallen der Csikos einer Stallung, durch ein weites Holzgattertor hindurch, zuströmen. Sie standen und staunten dem überraschend aufgetauchten neuen Schauspiel nach. János war, als wäre er aus einem tiefen Traum aufgewacht.

Der Csikos hinter der Herde schloss das Gatter und knallte mit seiner Karikás Ostor[*] dreimal kurz und schwang sie über sein Pferd im schnellen Kreis und zog sie schlagartig zu einem lauten, langen und trockenen

Knall zurück und begrüßte so János. Er stieg von seinem feurig und stramm aussehenden braunen Tier, ein Junge sprang heran und führte es in den Stall. Der Csikos begrüßte János lachend und staubte seine Hosen und seine Bluse dabei ab:

„Schon beim Vorbeitreiben habe ich dich erkannt"

und reichte ihm die Hand.

„Wir hatten die kleine Balgerei neulich in der Brückencsárda. Ferenc Fábos, sag Feri oder Ferko zu mir, ich bin hier der Csikos-Primás. Gib deinen Muli dem Bojtár-Jungen, er wird ihn schon versorgen. Tobi, gib ihm erst zu saufen, dann lege ihm etwas Heu und Hafer vor, János ist unser Gast."

Und er führte János an dem mit Holzstangen umzäunten Gehege entlang zu den Stallungen:

„Die Pferde werden bis Sonnenuntergang hierher in die Gehege vor den Stallungen getrieben. Vorher wurden sie draußen am Ziehbrunnen getränkt, hier wird ihnen etwas Heu und Kraftfutter gegeben, aber im Wesentlichen sollen sie hier ruhen. Hier in dem ersten Stall stehen die Muttertiere mit ihren jungen Fohlen."

Sie schritten durch den Mittelgang des Stalles, in dem rechts und links in Boxen Pferde standen, zu ihren Füßen lagen die kleinen Füllen, einige hingen am Euter ihrer Mütter oder schauten neugierig aus der Box durch das lockere Holzgatter auf die Gäste. Die Stuten beäugten wachsam ihre Fohlen und die Gäste. Puli lief mit eingezogenem Schwanz und gespitzten Ohren den Männern hinterher. Feri erklärte weiter:

„An jeder Box ist eine Tafel angebracht, auf dem Geburt und Namen von Mutter und Vater des Füllens eingraviert sind. Nach sechs bis acht Wochen laufen die Stuten mit den Fohlen, zunächst abgetrennt von den anderen, auf die Weide und nach 6 Monaten werden die Fohlen von den Stuten getrennt. Und hier in dem zweiten Stall",

und sie schritten auf den mittleren und kürzeren Teil der hufeisenförmigen Stallanlage zu.

„Hier stehen die Hengste, die Zuchthengste, wiederum in Boxen mit Namenstafel, Alter und Herkunft. Die meisten Jungtiere, die ein bis dreijährigen, sind auf der Weide, die Deckhengste werden, wenn sie draußen sind, in Einzelgehegen, hinter der Stallanlage gehalten. Im Winter, kurz nach Michaelis[**], bis Ostern – Ende April, am Sankt Georgstag, sind sie hier drinnen. Natürlich richten sich Weidegang und Stallhaltung etwas nach der jeweiligen Jahreswitterung und Strenge des Winters. Früher waren hier in der Hortobágy zum Teil strenge Winter, die Mensch und Tier sehr zu schaffen machten."

Am Ende des Mitteltraktes schritten sie durch eine Türe, wo im Windschatten der Quer- und Längsstallung ein langer Tisch und Bänke standen und Feri meinte:

„Wir können hier schon Platz nehmen und weiter Plaudern, die anderen gesellen sich nachher zu uns."

Etwas Abseits stand ein Bográcskessel und der Bojtár oder Stalljunge hantierte am Feuer. Feri rief zu ihm hin:

„Petko, mach uns erst mal einen Tee, aber gleich für die anderen mit."

Und dann erzählte er weiter:

„Die Jungtiere laufen bis zu ihrem dritten Lebensjahr mit der Herde mit, dann endet ihre Jugend- und Faulenzerzeit und es wird entschieden, ob sie als Zuchthengst und Zuchtstute oder als Sporttier oder gar als Ackergaul und Gespanntier ihr weiteres Pferdeleben fristen werden. Dafür gibt es strenge Auswahlregeln. Die Csikospferde werden schon früher, meist nach einem Jahr, ausgesucht, die besonders gelehrig, treu und gehörig, aber auch kräftig und schnell sein müssen."

Während sie den Tee tranken, Kamen die drei Csikos und der Lehrling, im ersten Jahr, dazu. Auf ein Zeichen von Feri erhob sich der ältere der Csikos und begab sich an den Bogrács, aus dem zunächst der Duft von Ausgelassenem Speck und dünstender Zwiebel aufstieg. Aus der Hütte brachte der zweijährige Bojtár, Petko, einen Sack und der Csikos zählte einige Hand voll Lebbencs in den Bogrács, in dem diese goldbraun geröstet wurden. Dann setzte er Salz und Paprika und reichlich Wasser zu und ließ den Inhalt des Kessels aufkochen und danach etwas köcheln und über der schwachen Glut ziehen. Nach dem Aufkochen hatte der Csikos noch ein halbes Dutzend trockene Kirschpaprika, für jeden eine, hineingelegt.

János war dem Koch zur Hand gegangen und schürte das Feuer, um die Bereitung der Lebbencs-Suppe aus der Nähe besser beobachten zu können.

Zur kräftig, würzigen, aber fleischlosen Suppe wurde frisches Wasser aus Hornbechern getrunken. Erst zu späterer Stunde ließ der Vorreiter, Feri, die Becher einmal mit Egri Bikavér füllen, bevor sich alle in ihr Nachtlager, das überdacht und von Schilf umzogen hinter der Längsstallung war, begaben.

Während die Csikos die Lebbencs- Suppe verzehrten, einige hatten die Paprikaschote ausgedrückt, hatte János erfahren, dass die Pferde früh gegen vier Uhr, noch vor Sonnenaufgang, auf die Weide getrieben würden, und im Sommer schon um drei, dann aber gegen elf Uhr wieder in die Stallungen und Gehege zur Mittagsruhe zurückkehrten. Jetzt im Spätsommer aber sei der Rhythmus anders und sie und die Pferde seien von Sonnenaufgang bis Sonnenuntergang auf der Weide. Ihre drei Hunde, die auch Tags die Stallungen nicht verließen, drei große Komondor, gingen nicht mit auf die Weide, sie hielten die Stellung, bewachten die Stallungen Tag und Nacht..

Der kleine Bojtár hatte Puli zu den Komondor hinter den Stallungen geführt und ihnen von der Suppe gebracht. Sie durften ihre Stellung nicht verlassen, gehorchten aufs Wort und waren zuverlässige Behüter der Pferdebehausung und treue Gefährten der Csikos.

Als János am nächsten Morgen durch das Pferdegetrappel erwachte, war die Schlafstätte leer, nur Puli saß an der Türe und gähnte ihn an. Auf dem Tisch hatten die Csikos ihnen ein Stück Brot, ein Stück Speck und eine große Paprikaschote zum Frühstück gelassen. In einem Krug stand klares Wasser, das János im Morgentau das harte und herbe Leben der Csikos entgegenstrahlte.

*) *Karikás Ostor: kreisende Peitsche, Reit- oder Hetzpeitsche der Csikos*

**) *Sankt-Michaelistag: 29. September, Sankt-Georgstag: 23. April*

Die Vorführung

Nach dem Frühstück bestaunte János bei aufgehender Sonne zuerst die Hunde vor ihren Stallungen. Beim Näherkommen kam ihnen der an der Stallung aufsichthabende Komondor bis an den Rand seines Aufsichtsbereiches entgegen, wedelte freudig mit seinem Schweif und geleitete János entlang der Stallung, bis an das andere Ende. Alle drei Hunde überschritten ihre Grenze nicht und entließen János und Puli der Obhut ihres Nachbarn Komondor.

Im Innenhof trafen sie auf Feri und Petko. Der Csikos-Primás und Csikos-Bojtár spannten gerade in einen großen Wagen ein. Sechs Grauschimmel wurden vor einen langen Planenwagen gespannt. Hinten an den Wagen wurde der braune Nonius-Hengst, das Csikos-Pferd, gebunden.

Feri erklärte János, dass sein Muli, wie die andern Tiere versorgt sei und sie mit dem Planenwagengespann zur Herde hinaus fahren wollten. János könnte aber auch auf dem Hengst reiten. Und er nahm vom Wagen den Patrac-Sattel und legte ihn dem Hengst auf.

János bemusterte erst einmal den einfachen Hirtensattel. Ein großes Stück Leder war über eine Filzdecke gespannt und an zwei Bügelriemen hingen runde Steigbügel. Der Sattel hatte weder Sattelgurt noch Sattelbaum, wie sollte er da aufsitzen? Doch Feri legte dem Tier ein Halfter um, drückte János das Zaumzeug in die Hand und meinte:

„Du darfst über den Wagen aufsteigen, aber der Csikos muß im Lauf aufspringen. Der Hortobágyer-Csikos-Sattel ist für eine schnelle und unverhoffte Bereitschaft des Csikos und seines Pferdes gedacht und hat den Vorteil, dass das Pferd den Sattel nicht ständig tragen muß und im Falle eines unfreiwilligen Abstiegs der Csikos sich gefahrenlos von dem Tier trennen kann."

János genoss den Ritt hinaus zur Herde. Der Hengst reagierte auf jeden Druck mit dem Oberschenkel, einen Zuruf oder einen leichten Zug mit dem Zaumriemen. Er tänzelte feurig munter unter ihm dahin, schmiss seine Mähne auf und ab und schnaufte und zeigte sich János von seiner besten Seite. Nur die Karikás Ostor, die Csikos Peitsche, wusste János nicht zu gebrauchen und er gab sie Feri zurück.

Als sie bei der Herde ankamen, erwarteten die drei Csikos und der kleine Bojtár, Mitko, sie in voller Csikos-Tracht. Sie boten ein malerisches Aussehen. Alle drei trugen weite blaue Leinenhosen und einen blauen Leinenrock, mit weiten Ärmeln, und darüber eine dunkle Weste. Alle vier hatten einen breitkrempigen schwarzen Filzhut auf, der mit Riemen unter dem Kinn festgebunden war. Am Hut ragte, unter einem rot-weiß-grünen Band befestigt, eine Reiherfeder empor. Die Lederstiefel schienen frisch geputzt und blank poliert.

Während János in ihren Anblick versunken und sie mit Puli einzeln begrüßte, hatten auch Feri und der kleine Csikos, Mitko, sich am Wagen in ihre Tracht geworfen und kamen auf János zu.

Feri hatte über dem Leinenzeug noch den weißen, langen Filzmantel, den buntbestickten Szür, geworfen und Mitko hatte sich einen Bunda, den aus dicken Schafffellen gearbeiteten und fußlangen Umhang übergehangen, in dem die Hirten zuweilen auch im Freien schlafen konnten. Der Bunda konnte ja beidseitig getragen werden. Bei Regenwetter war das Fell nach außen gerichtet, bei trockenem und kaltem Wetter nach innen gewendet. Feri und Petko übergaben Szür und Bunda an Géza bácsi, den älteren der Csikos und er begab sich zum Planwagen. Sein Pferd übernahm Petko.

Mit einem langen trockenen Knall kam Bewegung in die Csikos. Alle sprangen aufs Pferd und saßen und standen aufgereiht vor János. Vorn Feri auf seinem braunen Hengst, dahinter die zwei Csikos, Misi und Bálint, auf Apfelschimmel und hinter diesen der kleine und der große Bojtár, die Rosshirtenlehrlinge, auf braunen Rappen.

Eine Pracht an Reiter und Pferd. Feri schwang die Peitsche und die Reiter setzten sich in Bewegung. Ihnen entgegen zog das Gespann, im Innenbogen. Das sechsspännige Planenwagengespann mit Géza bácsi, auf dem Wagen stehend, setzte zu leichtem Trab an, die Reiter zogen nach innen, das Gespann umkreiste die Reiter, die János im Mittelpunkt, in entgegengesetzter Richtung umkreisten, wie ein Doppelkarussell. Das Gespann zog den Kreis größer und hielt auf der Seite der Herde.

Und unter Schwingen und Knallen mit der Karikás Ostor stürmten die fünf Reiter los und zogen ihren Kreis, Mal rechts, Mal links am Pferd hängend, Mal auf dem Rücken stehend. Dann ritt Feri zwischen Mitko und Petko, die beiden sprangen ab und Feri sprengte mit deren Pferden weiter, je ein Bein auf deren Rücken. Sein Hengst blieb zurück.

Nach dieser Runde übernahmen die Jungs wieder ihre Pferde, Feri sprang auf sein Pferd und alle fünf hielten vor János. Die Pferde gingen vorn in die Knie, die Reiter stiegen ab, nahmen die Patrace unter den Arm, die Pferde legten sich hin und die Reiter zogen Flöten aus den Blusen und spielten den Pferden und János ins Ohr. Puli heulte dazu.

Auf einen Tusch gingen die Pferde vorne hoch und setzten sich auf ihre Hinterläufe und nickten mit den Köpfen den Takt zu den Flöten. Dann gingen die Pferde vorne nieder, die Reiter legten die Patrace auf, setzten sich auf ihre Pferde, die standen auf und mit einem Peitschenknall stieben die fünf Reiter in Richtung Herde.

Das Gespann kam zu János heran und bedeutete ihm, aufzusteigen. Mit lautem Peitschenknallen jagte die Herde heran, an dem Fuhrwerk vorbei, wie ein brausender Sturm. Die Staubwolke war gerade verzogen, da knallten die Peitschen erneut, nun aber länger gezogen und die Herde kehrte um und zog erneut mit langgezogenen, weitausgreifenden Körpern, wie eine wogende Meereswelle brausend, galoppierend vorbei, ihrem ursprünglichen Weideplatz zu.

Plötzlich warfen die Csikos ein Lasso, verlangsamten ihren Ritt und führten drei braune Pferde an der Leine vor. Die Csikos kamen heran und verabschiedeten sich von János mit einem fünffachen Peitschenknall.

Feri gab Géza bácsi ein Zeichen, das Gespann und János zum Gestüt zurückzufahren. Er und der kleine Bojtár, Misi, sprengten davon, die anderen zwei Csikos und der ältere Lehrling, Petko, ritten zur Herde. Puli, der die ganze Zeit ängstlich hinter János saß, durfte im Wagen mitfahren.

Auf dem Weg zum Gestüt erklärte Géza bácsi, wie gut die Pferde auf das Peitschensignal reagierten, sie wüssten genau, wann es rechtsherum und wann es linksherum gehen müsse und was Stopp und was scharfer Trab bedeute, oder Halten und Sammeln., und setzte hinzu:

„Was dem einen der Stab, ist dem anderen die Peitsche!"

Mit Pferd und Peitsche bewältigt der Pferdehirt seine Herde, er brauche keinen Hirtenstab und keinen Hirtenhund. Und er zeigte János die Karikás Ostor:

Die Peitsche war aus Leder geflochten, mehrere Ellen lang und verjüngte sich nach unten. Am unteren dünneren Ende waren handlange Fransen, am oberen Ende war die Peitsche mit einem Riemen gefasst und mit Riemen an einem kurzen Peitschenstiel befestigt. Der zwei bis drei Hand lange Stiel müsse aus Hartholz, am besten aus Pflaumenholz sein. Die Peitsche aber sei nicht zum Schlagen oder gar Züchtigen der Pferde, sie diene nur als Hetzpeitsche und Signalgeber und auch als Statussymbol des Csikos. Die Rangstellung des Csikos erkenne man auch an den Ornamenten am Peitschenstiel.

Die Karikás Ostor werden von den Csikos an Wintertagen selbst geflochten. Die Peitschen seien drei, fünf oder achtsträhnig. Die dreisträhnige sei flach, die fünfsträhnige oval und die achtsträhnige rechteckig. Auch die Strähnenzahl und Länge der Peitsche müsse der Stellung des Csikos Rechnung tragen. Das Ostorflechten sei beim Csikos eine Kunst, wie das Flötenschnitzen beim Juhász oder Gulyás. Aber wenn man es könne, dann sähe auch das ganz einfach aus.

Und Géza erklärte das Peitschenflechten:

„Man befestigt und ordnet die Strähnen oder Flechten an einem Lederring und zieht immer die äußere mit der rechten über die mittleren zur anderen Seite und hält diese mit der linken Hand fest. Also bei der drei-strähnigen Ostor, die rechte Strähne über die mittlere, zwischen diese und die linke Strähne. Dann zieht man die linke über die mittlere, zwischen diese und die rechte. Dann wieder die rechte, die erst die mittlere war, über die mittlere und so weiter. Bei der fünfsträhnigen wird die äußerst rechte Strähne über die mittlere, zwischen diese und die zwei linken Strähnen geschlagen, dann die äußerst linke über die mittlere und zwischen diese und die zwei rechten gezogen und so weiter, immer die äußerste über die Mitte zur anderen Seite gehoben. So entsteht ein ovales Band.

Bei der achtsträhnigen wird die äußere Flechte jeweils über die anderen drei rechten oder linken Strähnen nach innen geschlagen, dabei entsteht ein rechteckiger Strang, eine elastische Schnur.

Natürlich gibt es auch noch kompliziertere Flechtarten, aber immer wird der Strang nach unten verjüngt. Am einfachsten geht es mit Hanf, dabei zieht man aus den Strähnen eine Faser heraus, oder lässt sie bei der Verlängerung einfach weg. Hinter dem unteren Knoten bleiben die Strähnen ungeflochten als handlange Fransen hängen."

Mit der Erklärung des Flechtens der Karikás Ostor waren sie auch schon am Gestüt angekommen und mussten die Pferde ausspannen und in die Stallung bringen. Doch János wollte noch etwas zu den Pferden selbst erfahren und erkundigte sich bei Géza bácsi danach, welche Pferde denn der Gestütsbesitzer in Debrecen bevorzugt züchten würde? Géza holte weit aus und meinte, das sei eine längere Betrachtung wert, aber er erkläre das mit kurzen Worten:

„Das Zuchtziel unseres Herrn Kozma in Debrecen ist ein drahtiges, ausdauerndes aber auch gleichzeitig genügsames und leichtfuttriges Warmblutpferd, das ein mannshohes, mittleres Stockmaß*) hat. Dieses Pferd soll zuverlässige Gebrauchseigenschaften haben und als Kutschpferd sowohl als auch als Sportpferd unter dem Sattel geeignet sein. Leider sind unsere Einkreuzungen nicht allzu erfolgreich und es kommen oft, fas immer nur Ackergäule heraus.

Herr Kozma und Feri setzen jetzt auf eine braune Noniusrasse, die eine Einkreuzung aus englischen Halbbluthengsten und Vollblutaraberstuten ist. Die Farbe der Zöglinge sei ihnen dabei aber wohl nicht so wichtig.

In der Vergangenheit wurde wenig Wert auf die Zucht wertvoller und rassiger Pferde gelegt. Das lag zum einen an den schlampigen Herrschaften, die nur ihr gutes Einkommen und schönes Leben sahen, aber auch daran, dass die Csikos schlecht entlohnt wurden und ihrerseits wenig Interesse an der Zucht und wenig Achtung und Ethos ihrem Beruf entgegenbrachten und so den Csikos-Hirtenberuf und deren Ruf in Verruf brachten. Gott gebe unserem Herrn, der nicht der schlechteste Heiducke ist, Glück zu seinem Zuchterfolg. Es wäre ja auch unser Berufserfolg.“

Und János meinte, die rauen Csikos, wie er sie in der Csárda erlebte, die nunmehr seine Freunde seien, könnten diesen Erfolg in der Zukunft gut brauchen

---

*) *Stockmaß: Höhe des Pferdes über die Vorderschulter, die Wideristhöhe.*

Csiga bácsi, der Schafhirt

Nach seinem Abschied vom Gestüt lenkte János die Hufe Mulis in östlicher Richtung, dort sollte er bei Csiga bácsi anklopfen und in seiner Hütte und bei seiner großen Schafherde vorbeischauen. Géza, der ältere der Csikose, hatte János an seinen Freund Csiga empfohlen, er sei der bedeutendste und geachtetste Juhász weit und breit und bei ihm hätte auch Bálintbácsi, János's Hirtenmeister, sein Handwerk gelernt.

János und Muli hatten sich bei den Csikos gut erholt, Muli war gut behandelt worden. Nur Puli fühlte sich unter den vielen Pferden unsicher, besonders wenn sie dahertrabten. Und die drei Komondor waren ihm als Artgefährten zu groß, erhaben, und furchteinflößend. Aber das waren sie wohl nicht nur ihm, auch Menschen und anderen Tieren flößten sie offensichtlich Furcht ein, mit ihren majestätischen Gebaren, ihren Körpermaßen und wuchtigen Köpfen.

Und Puli trottete, von diesem Druck befreit, aufgeräumt neben Muli her, sprang Enten nach, jagte Rebhühner auf und blieb plötzlich stehen. Vor ihnen erstreckte sich ein kleiner See und am Rand schnatterten Gänse mit rotem Hals, wie sie János und Puli noch nicht gesehen hatten. Beim Näherkommen stiegen die Gänse mit ihrem glänzenden Gefieder und rotem Halsband mit weiten Schwingen auf und zogen flach über das Wasser, zur anderen Seite des Sees.

Als János am Abend bei Csiga bácsi ankam, wurde er von ihm vor seiner großen Zackelschafherde begrüßt. Die Hunde, ein Kuvasz und zwei Puli, eilten János, Puli und

Muli mit wedelndem Schweif und freudig bellend entgegen. Sie freuten sich offensichtlich über den Besuch ebenso, wie ihr Hirtenherr. Brachten die drei ihnen doch eine willkommene Abwechslung in ihr tägliches Rackaschafeinerlei.

Die Hunde beschnupperten Puli, umkreisten János und Muli und jagten mit Puli in ihrer Mitte zu Csiga bácsi zurück. Der Hirt tätschelte und begrüßte Puli, noch bevor János heran war und wies die Hunde an, Platz zu nehmen. Die setzten sich hinter ihn und vor die Schafe. Unser Puli saß zwischen den zwei Csiga-Pulis, vor ihnen thronte Kuvasz, mit seinen großen herabhängenden Ohren und seiner hinten aufragenden stark befederten und langen Rute, die er zum Gruße von einer Seite zur anderen warf.

Csiga bácsi stand, auf seinen Hirtenstab gestützt, da, mit langem Bunda, das Fell nach außen, sein weiter schwarzer Filzhut war mit einer Gänsefeder verziert und er sog an seiner Pfeife. Als János heran war, nahm er seine Pfeife aus dem Munde und meinte:

„Der Gruß gebührt dem ankommenden Juhászkollegen, dem jüngeren, der, da Bálint mein Schüler war, quasi mein Juhászenkel ist. Ein herzliches Willkommen also meinem Hirtenzunftenkelsohn und seinen Getreuen."

János sprang von Muli herunter und umarmte Csiga bácsi und bedankte sich für das herzliche Willkommen. Von hinten kam der Bojtár mit einem weiteren Puli vor, in schwarzer Hirtentracht, mit Silberknöpfen besetzt und einem weniger ausladenden schwarzen Filzhut.

„Das ist Zsori, mein Hirtenjunge"

und er setzte zu diesem gewandt fort:

„Zsori, führe doch Muli schon zur Hütte vor, wir kommen dann nach."

Csiga bácsi führte János im weiten Bogen an der Herde entlang. Die Schafe hatten alle Korkenzieherhörner und langes Zottelhaar und Csiga bácsi erklärte ihm:

„Das sind Rackaschafe, die mit ihren gewundenen Hörnern ein wahrhaft urtümliches Aussehen haben. Diese Schafe sollen mit unseren Vorfahren aus Asien mitgekommen sein. Sie waren, und sind wohl heute noch, in Südostasien verbreitet. Das Fleisch, die Wolle und die Milch dieser Rasse, und vor allem das dichte Fell, sind die begehrten Produkte unserer Zunft. Das Fell der Rackas ist nicht nur von den Juhász und anderen Hirten begehrt. Die großen Bunda werden aus sieben Rackafellen genäht und gehen in das ganze Land und alle Welt hinaus. Es ist die Härte, die Ausdauer und Anspruchslosigkeit und ihre Widerstandskraft gegen Krankheiten, die unsere Rackaschafrasse auszeichnet und in großen Herden hier in der Puszta von den neuen Heiduckenherren gehalten werden. Sie sind unser täglich Brot."

Und wie zur Untermauerung seiner Erklärung servierte ihnen Zsori vor der Hütte einen Hortobágyer Fleischspieß, der über der Feuerstelle vorbereitet worden war.

Während der Unterhaltung am Feuer ergab sich, dass die Ankunft von János und seinen zwei Getreuen, Muli und Puli, ihnen schon durch den Buschfunk angekündigt worden war. Und Csiga bácsi fügte lächelnd hinzu:

„Obwohl der Busch hier doch recht spärlich ist".

Zsori hatte die Hütte und die Feuerstelle für ihren Besuch vorbereiten müssen. Für besondere Fälle hatte ihnen ihr Debreciner Herr Kozma, der sich ja besonders für die Pferdezucht interessierte, eine Notschlachtung erlaubt.

Als János auf die Wildgänse zu sprechen kam, geriet Csiga bácsi richtig in Fahrt und erzählte:

„Ja die Wildgänse bereiten uns Freude und Kummer zugleich. Im Herbst kommen die Gänse vom Norden auf ihrer Zugzeit auf den Gänsestrich in die Hortobágy und bleiben, bis tiefer Schnee ihre Äsungsplätze bedeckt. Die riesigen Verbände der Gänse, die geräuschvoll ankommen und tagsüber sich in der weiten Puszta verteilen, kommen vor der Dämmerstunde zu den Fischteichen zurück und verbringen die Nacht am oder auf dem Wasser. Neben den Saat- und Bleßgänsen bieten die Rothalsgänse einen besonders schönen Anblick, wenn sie gegen Abend über das Wasser ziehen und ihr rotes Halsband im Mondschein leuchtet.

Unser Kummer ist, dass im Herbst zur Zugzeit der Vögel so viele Flugwildschützen anrücken und auf den Gänsestrich gehen und die Tiere in großen Zahlen abschießen. Die Jäger kommen aus aller Herren Länder hierher, vergraben und verstecken sich in Schussgruben und lauern so den misstrauischen Vögeln auf.

Viele von diesen Herren schießen die Tiere nur, um zuhause die Federn der Gänse an den Hut ihrer Liebchen und Mätressen zu stecken und zu prahlen. Und einige unserer Heiduckenherren machen damit noch ein zusätzliches Geschäft und führen diese fremden Herren hierher. Sie meinen, die Vögel seien ihr Eigentum. Diese Herren drücken sich am Tage in den Csárden herum und am Abend treiben sie und ihre Flinten, manchmal auch Flintenweiber, hier an den Seen ihre Spielchen und ihr Unwesen. So bringen diese Vögel uns mit ihrer Schönheit eine neue um sich greifende Landplage."

Csiga bácsi brannte sich etwas umständlich eine neue Pfeife an und wies auf die flachen und langgezogenen Stallungen im Hintergrund:

„In diesen Stallungen werden die Tiere ab Spätherbst über den Winter gehalten. Ihre Verpflegung ist bescheiden, etwas Heu und Stroh und gemahlener Mais, Maiskleie oder Getreidekleie, Viehsalz und Wasser. Sobald der Schnee weggetaut und der Frost aus dem Boden ist, werden die Schafe schon wieder auf die Weide getrieben. Wir haben im Winter etwas Zeit, um zu schnitzen; Flöten, Kulacse, Löffel und andere Küchengeräte. Letzten Winter habe ich eine Zimbel gebaut."

Und er erhob sich und holte aus der Schilfhütte das Saiteninstrument und stellte es vor János. Zsori brachte zwei Flöten, reichte eine János und der staunte über die Fertigkeit der Schafhirte. Csiga bácsi stellte die Pfeife zur Seite, zog zwei Klöppel unter der Zymbal hervor und begann erst langsam über die Zymbalsaiten zu streichen und ihnen leise, fast schnurrende Töne zu entlocken, um dann getragenere und flottere Melodien anzustimmen und die zwei Flötisten zum Einstimmen und Mitspielen einzuladen.

Einfache Volksweisen und manch munterer Csárdás wurden angestimmt und Csiga bácsi sang dazu mit tiefer, klarer Bassstimme. Die meisten Weisen und Melodien kannte János und er versuchte mit seiner Flöte mitzuhalten oder zu improvisieren. Ein Lied, das Csiga bácsi in mehreren Varianten vortrug, besang die Wildgänse, die alljährlich in die Hortobágy kommen und von den Jägern und Hinterhaltgräbern abgeschossen werden. Die Rothalsgänse und ihr Schicksal ließen Csiga bácsi den ganzen Abend über nicht los.

János revanchierte sich und sang Csiga bácsi in die Zimbel von seiner Liebe zu einem Mädchen, namens Zsike, die am Rande der Hotobágy vor den Bergen, barfuss und lieblich eine große Schar Gänse hütete. Gänseliesel aber schenkte seinem Liebeswerben kein Gehör, sie liebte einen Jungen, der mit schiefer Mütze und ebenfalls barfuss einherlief und seine Gänse auf der Nachbarweide hütete. Ein lustiger Bursche, ein Lustikus und Luftikus, der Ludas Mathyi, Gänse Mathias, hatte ihr Herz erobert. Und wie zum Trost stimmte Zsori zum Abschluss an:

> Schlehen am Grabenrand.
> Schlehenäugig Mägdelein,
> mein Kosen dein Herz erweich
> bei unserem Stelldichein,
> warum bist du nur so bleich?

Nach kurzer Pause setzte er fort:

> Nein, nein ich bin nicht bleich.
> Bin wie all die Mägdelein
> und all die jungen Dinger,
> deren einzig Ringelein
> ein andrer trägt am Finger.

Ihre wehmutsvollen Weisen und getragenen Melodien überzogen die weite Au und legten sich wie eine weiche Wattedecke über die schläfrige, monderhellte Puszta.

---

*) *Kleie: Kraftfutter, Abfallprodukt der Müllerei – äußere Schicht der Körner mit hohem Aschegehalt, Mineralstoffen und Vitaminen.*

Debreciner Pferdemarkt

Anfang Oktober machte sich János auf den Weg nach Debrecen, um rechtzeitig zum Debrecener Pferdemarkt da zu sein. Seine Hirtenkollegen hatten ihm schon viel von diesem Markt erzählt, der jährlich drei bis viermal abgehalten würde, aber der Oktobermarkt sei der bedeutendste.

Auch sein letzter Gastgeber, der Kanász Jozsi, Jozsi bácsi, der nur ein halbes Generationsalter älter war als er, empfahl ihm diesen Markt. Jozsi bácsi, ein einfacher Schweinehirte, hütete mit zwei Pumis und einem Esel eine große Schweineherde. Zunächst dachte János, es seien Wildschweine. Aber Jozsi klärte ihn auf, dass die robuste, dunkle, fast schwarze Mangalicarasse mit ihren zottigen Borsten dem Wildschwein sehr ähnlich sehe. Sie sei aber schon mit der Landnahme der Magyaren das ungarische Hausschwein, kräftig gebaut und sehr lauffreudig und widerstandsfähig.

Bei seiner Erläuterung stützte sich Jozsi bácsi auf einen schmucklosen Krummstab, seinen Hirtenstab, der wie alle Hirtenstäbe aus Hartholz gefertigt, aber nur wenig verziert war. Seine zwei Hirtenhunde, die Pumis, lauschten mit ihren aufrecht stehenden Ohren den Ausführungen ihres Herrn und beäugten dabei Puli und Muli. Das Haar der beiden Pumis, das viel kürzer als das Pulis war, schien stark verfilzt und etwas schlammverklebt. Jozsi bácsi erklärte auch, dass seine Mangalicaherde ständig in Bewegung sei und er keine feste Hütte habe, sein Hab und Gut trage sein Esel auf seinem Rücken, der etwas abseits graste und wie zur Bestätigung sein dreifaches „ia, ia, ia" hören ließ.

Auf dem Weg nach Debrecen kam János auch an einer großen Gänsetanya vorbei. Aber anders als seine Gänseliesel und sein Ludas Matyi, von denen er Csiga bácsi und Zsori sang, wurden die Tiere von zwei älteren Frauen und einem schnurbärtigen Mann mit zwei Pulis gehütet. Sowohl die Hütefrauen und der Hirt, als auch die zwei Pulis, stachen mit ihrer schwarzen Tracht von der schnatternden weißen Gänseschar ab, aus der nur die gelben, nicht ruhig stehenden Schnäbel und die gelben Beine der großen weißen Fläche Farbtupfer gaben. Das Bild wollte zu seinem Gänseliesel und Ludas-Matyi-Bild gar nicht passen und überflutete seine malerische Erinnerung.

Der Weg in die Stadt schien ihm sehr weit. Überall Schweineställe, kleinere und größere Höfe, Stallungen und Scheunen. Fast in jedem Hof ein Ziehbrunnen, Hunde und Hühner und auf den Hinterhöfen Schafe, Ziegen, Esel. Dieses ländliche Bild zog sich bis hin zum Markt. Es wollte auch dieser Eindruck zu seiner Vorstellung von einer Stadt nicht recht passen. Nur wenige Bürgerhäuser standen hinter dem Markt. Dafür übertraf der Markt seine Erwartungen.

Reihenweise Pferdegespanne, die Pferde an den Wägen festgebunden, an Pfählen oder Balken festgemacht, mit etwas Heu vor den Vorderläufen. Einige Pferde hatten einen Hafersack umgebunden oder standen an großen Holzwassertrögen. Ein buntes Gewimmel, ein Wiehern der Pferde, Gestikulieren, Handeln und Debattieren.

Zwischen den vielen Pferde- und Menschenleibern, auf Pferden patrouillierende Gendarmen, die das Handelsgeschehen und bunte Treiben von oben überwachten.

János band seinen Muli an einen Akazienbaum vor dem Zelt der Schenke, mitten auf dem Markt. Gleich sprang ein kleiner Junge herbei, der sich anbot, seinen Muli zu versorgen. Puli wedelte freudig mit dem Schweif, Muli wieherte.

Der Junge schaute auf:

„Muli bácsi, erkennen sie mich nicht, ich bin es, der Bénes von der Brücke an der Hortobágy, ich bin hier zu meinem Onkel in Debrecen gekommen, der Kellner bácsi dort, Pista bácsi, der mit dem Bart, Kopasz István, er ist mein Vormund. Er bedient an der vorderen Seite, setzen sie sich nur zu ihm."

János strich Bénes über die Haare:

„Dass wir uns hier wiedersehen, das ist aber eine große Freude und Überraschung."

Ähnlich wie auf dem Brückenmarkt, hatte der Junge schnell ein Bündel Heu herbeigeschafft und einen Eimer Wasser vor Muli gestellt und machte sich nützlich.

János setzte sich am Rande der Zeltschenke an einen Tisch und ein schnauzbärtiger Kellner servierte ihm eine Debreciner Wurst mit Kraut und Fladenbrot, Puli leckte sich die Zunge unterm Tisch, er drückte sich wieder dicht an János, die vielen großen Pferdeläufe behagten ihm offensichtlich nicht. Der Kellner, der zu dieser Tageszeit noch nicht viel zu tun hatte, blieb bei János öfters stehen und klärte ihn über das Markttreiben auf. Er freute sich, dass János den Jungen, Bénes, kannte und lobend über ihn sprach. Und er erklärte ihm, dass es so richtig lebhaft erst am nächsten Tag würde und János rechtzeitig gekommen sei, um das ganze Markttreiben zu erleben.

So erfuhr János, dass Debrecen nicht nur die Hauptstadt und größte Stadt der Puszta sei, sondern auch die reichste und meistbevölkerte Dorfstadt der Hortobágy und Hauptstadt der Heiducken. Gewachsen aus dem Reichtum des größten Weideplatzes Europas, woraus die weitgestreute Stadt, die halb von Bauern, halb von Bürgern, Handwerkern, Tagelöhnern und Händlern gebildet wird, entstanden sei. Dieser größte Markt und Handelsplatz Debrecen sei auch nicht während der Türkenherrschaft ganz untergegangen. Die Stadt sei trotz der jahrzehntelangen Türkenbesetzung von grausamer Ausplünderung verschont geblieben, weil die türkischen Khane den Besitz der Stadt zum Besitz des türkischen Sultans erklärten und so größere räuberische Übergriffe ausblieben.

Debrecen war ein wichtiger Zugang nach Siebenbürgen und weiter zur Türkei. Nach Abzug der Türken wurde das Land an führende und besitzende Heiducken verteilt und die Stadt wuchs weiter. Nun sei der Markt wieder belebt, wie noch nie vordem, Händler aus aller Herren Länder seien angereist, aus Wien, Krakau, Breslau, Istanbul, Rom und Madrid. Es seien bis zu fünf Tausend Pferde zu erwarten, Moldauer, Bukowiner, Siebenbürger und Murawer, sogar eine Kamelkarawane sei angekommen und ein Vogel Strauß aus Afrika dabei.

"Übrigens, Kopasz István ist mein Name, sie können also Pista bácsi zu mir sagen."

Der Bericht des Kellners wurde immer wieder unterbrochen, weil andere Gäste ankamen und bedient werden mussten. Dabei hatte János Zeit, das Treiben außerhalb des Zeltes zu beobachten. Und er sah, wie drei berittene Gendarmen auf das Schenkenzelt zukamen und er erkannte seine Wächter und Betreuer aus Abony, Barci und seine zwei Gesellen. Sie begrüßten sich mit einem lauten:

„Hallo!"

Und umarmten sich wie alte Freunde.

Viel wurde über das Zusammentreffen vor Abony und die Burg erzählt und wie es den Räubern vor den Bergen ergangen war, die alle in der Burg einsäßen und von Hauptmann Dobo gut bewacht würden. János musste seinen Weg, nach dem sie ihn in der Burg abgaben, schildern und sie plauderten und tranken bis es dunkelte.

Barci, der Fähnrich, schickte immer wieder seine zwei Gendarmen über den Markt, sie sollten ihre Anwesenheit zeigen, damit sich Verkäufer und Käufer sicher fühlten und Diebe, die Betyaren, in die Flucht geschlagen würden.

Spät am Abend führte der Mulijunge Bénes, János, Muli und Puli zu dem kleinen Anwesen seines Onkels, etwas außerhalb der Stadt, derweil Pista bácsi noch Spätgäste und Langsitzenbleiber bedienen musste. Die behagliche Scheune tat János und seinen Getreuen gut, waren die Nächte Anfang Oktober doch schon beträchtlich kühler geworden.

Am anderen Morgen eröffnete der Mulijunge freudestrahlend, der János warme Milch und Tee vor der Scheune auf einem improvisierten Tisch servierte, dass Onkel Pista für János eine wichtige Nachricht hätte. Pista bácsi sei schon zeitig zur Schenke, heut sei das große Geschäft zu erwarten und János solle vor dem Mittag in der Schenke sein.

Sie schlenderten gemächlich zum Markt. Bénes ritt auf Muli und János trollte mit Puli durch die belebten Gassen und sie bestaunten das Markttreiben außerhalb des Pferdemarktes. Viele Stände, Wagen, Karren mit Obst und Gemüse entlang der Strasse, Getreide- und Tuchhändler, Topfwaren, Schnitzereien und Stickereien säumten und belebten die Strasse. Dieser Bauernmarkt am Rande des Pferdemarktes bot alles, was an Früchten und Produkten auf dem näheren und weiteren Umland wuchs oder erzeugt wurde. Puli schnupperte hinter János her und bellte ihn an, als er vor dem Tuchhändler aus Hatvan stand, der sie herzlich begrüßte und János für den Abend auf ein Glas Rotwein in der Marktschenke einlud.

Auf dem Markt war das Treiben noch lebhafter als tags zuvor. Man feilschte, lachte, gestikulierte und schimpfte. Man bot, riss die Pferdemäuler auf, begutachtete das Gebiss und das Alter der Tiere, hob die Hufe an, betätschelte Vorder- und Hinterläufe, stocherte im Pferdemist, feilschte, schüttelte den Kopf, beschimpfte den Verkäufer, dieser betitelte den Interessenten mit:

„Halsabschneider und Ruinierer der Wirtschaft."

Die Käufer gingen weiter, kamen wieder mit einem Mittler oder Werber. Diese Werber waren Pferdemarktkuppler, die die Käufer- und Verkäuferseelen kannten und den Wert der Pferde, und die manches Geschäft vermittelten und danach in der Schenke „Aldemasch" (áldomás)*) mit den Kunden tranken.

Pista bácsi kannte sie alle, waren sie nicht nur seine besten Kunden, sie waren auch seine besten Kundenvermittler. Als János zur Schenke kam, die dichter besetzt war als tags zuvor, winkte ihn Pista bácsi an einen freien

Tisch und kredenzte ihm ein Viertel Bikavér mit den Worten:

„Ich vermittle dir ein Geschäft, wenn du mir einen Gefallen tust!"

János horchte auf:

„Gefallen gegen Gefallen, eingeschlagen!"

Und er reichte dem Kellner die Hand. Der zog ihn vom Stuhl und führte ihn zu einem Tisch, an dem ein einzelner Herr aus seiner Gulaschterrine löffelte:

„Das ist János, Herr Lancsi, ein gelernter Schafhirte, den ich ihnen empfehle!"

Herr Lancsi bedankte sich bei Kopasz Pista und lud János ein, Platz zu nehmen. Und er eröffnete ihm, dass er einen Juhász suche, für seine Rackaherde von über dreihundert Schafen, nahe Hajduszoboszló. Der Hirte müsse einen Hund, oder zwei, und ein Pferd und einen Esel besitzen und gleich mit ihm kommen, sein Juhász sei plötzlich verstorben. Er bekäme Kost und fünfzig Taler das Jahr und Unterkunft im Winter am Gehöft. János erwiderte, dass das Angebot ihn ehre, aber er habe nur einen Hund und einen Muli.

„Das macht nichts, du gibst mir deinen Muli und ich kaufe dir heute noch ein Pferd und zu deinem Hund Puli und deinem Muli gesellen wir Bénes, den du als Bojtár zum Juhász ausbildest. Einen Esel und einen weiteren Hund wirst du leicht finden, du kennst ja nun viele Hirten Kollegen."

Der Gutsbesitzer Lancsi winkte den Kellner Pista mit einem Handzeichen heran, der die Verhandlung aus der Distanz beäugte und er brachte drei Glas Pálinka und schlug in die Hände von Herrn Lancsi und János ein und sie hoben die Gläser mit:

„Egészségünkre"(auf unser Wohl)

und Pista setzte hinzu:

„Einen guten Weg und viel Erfolg."

Er winkte Bénes heran, setzte ihm einen kleinen Filzhut auf und sagte:

„Ab heute bist du Bojtár bei Herrn Lancsi und János bácsi, der nicht mehr Muli bácsi ist, sondern ein echter Juhász mit einem Apfelschimmel".

János horchte auf, Pista wusste also mehr als er. Das roch nach abgekunkelt, aber es war eine gut ausgemachte Sache und er nahm Bénes's Umarmung herzlich an, der dann vor Herrn Lancsi eine artige Verbeugung machte.

Als am anderen Morgen János und Bénes vor dem Schenkenzelt auf Herrn Lancsi warteten, kam eine viersitzige Kutsche angefahren und am Wagen war ein Apfelschimmel angebunden, der beim Näherkommen freudig wieherte. Puli sprang der Kutsche entgegen. János erkannte seinen Schimmel aus Abony und strahlte und umarmte und herzte das Pferd. Er konnte es gar nicht fassen, dass dieses Prachtpferd nun sein rechtmäßiger Besitz sein sollte. Und er erinnerte sich, dass der Dorfälteste von Abony ihm Muli mit den Worten gab:

„Wenn du ein eigenes Pferd besitzt, bringst du uns Muli wieder."

Herr Lancsi und Pista bácsi, die die Freudeszene aus dem Hintergrund betrachteten, kamen heran und Herr Lancsi erinnerte János an dieses Wort:

„Deinen Muli kannst du im Winter nach Abony zurückbringen, das habe ich dem Bauern beim Kauf des Schimmels versprochen, der dich vom Dorfältesten und Marika aus Abony grüßen ließ."

Zur Bestätigung dieser Grüße überreichte er János ein silbernes Kettchen mit einem kleinen keramischen Amulett, von dem ihm Marikas Lächeln entgegenstrahlte. János rieselte es warm über sein Herz und seine Augen glänzten voller Glückseligkeit über den weiten und männerübersäten Pferdemarkt von Debrecen.

Nach einer wortlosen Umarmung von Pista bácsi, noch im Taumel seines unerwarteten Glücks, bestieg János den Schimmel, der wie freudig wiehernd unter ihm tänzelte. Bénes setzte sich auf Muli und sie ritten im Gänsemarsch hinter der Kalesche von Herrn Lancsi drein. Unser Held Puli stakste neben Muli etwas benommen dahin, als hätte er seine neue Rangordnung noch nicht begriffen.

Vor der Kalesche ritt Barci, der Gendarmenfähnrich, und hinter Muli die zwei älteren Gendarmen, die den Auszug unserer nun Hajduszoboszloer Helden bis zum Rande des Pferdemarktes geleiteten und ihnen so einen repräsentativen, ja geradezu einen heldenhaften und stolzen Abgang bereiteten.

*) *Aldemasch: vom ungarischen áldomás, Segnung, übernommener und abgeleiteter Brauch nach einem erfolgreichen Geschäft oder Handel.*

Inhalt

Heinrich Oppermann,
geboren in Kaposszekcsö, Baranya, Ungarn, Chemiker,
verfasste über 270 wissenschaftliche Publikationen,
schreibt Geschichten, Erzählungen, auch Gedichte.
-„Die Enkel der Donauschwaben, Geschichten
aus zwei Heimaten",
BoD-Verlag, Norderstedt 2007
-„Einer Schönen, Gedichte",
Hille-Verlag, Dresden 2011
-„Erinnerungsgarten, Geschichten",
BoD-Verlag, Norderstedt 2013

Der Autor lebt in Dresden, ist verheiratet, hat vier Kinder,
acht Enkel und drei Urenkel